古典詩歌研究彙刊

第九輯

龔鵬程 主編

第 4 冊

南北朝至初唐五言律詩格律形成之研究

向 麗 頻 著

國家圖書館出版品預行編目資料

南北朝至初唐五言律詩格律形成之研究／向麗頻 著 -- 初版
-- 新北市：花木蘭文化出版社，2011〔民 100〕
序 2+ 目 2+126 面；17×24 公分
（古典詩歌研究彙刊 第九輯；第 4 冊）
ISBN 978-986-254-522-5（精裝）
1. 五言詩 2. 律詩 3. 格律 4. 南北朝文學 5. 唐詩
820.91 100001459

ISBN-978-986-254-522-5

9 789862 545225

古典詩歌研究彙刊
第九輯 第四冊 ISBN：978-986-254-522-5

南北朝至初唐五言律詩格律形成之研究

作 者 向麗頻
主 編 龔鵬程
總 編 輯 杜潔祥
出 版 花木蘭文化出版社
發 行 所 花木蘭文化出版社
發 行 人 高小娟
聯絡地址 新北市永和區中正路五九五號七樓之三
電話：02-2923-1455／傳眞：02-2923-1452
網 址 http://www.huamulan.tw 信箱 sut81518@ms59.hinet.net
印 刷 普羅文化出版廣告事業
初 版 2011 年 3 月
定 價 第九輯 20 冊（精裝）新台幣 28,000 元

南北朝至初唐五言律詩格律形成之研究

向麗頻 著

作者簡介

向麗頻，1968 年生，台灣台南市人。國立中山大學中國文學研究所碩士，私立東海大學中國文學研究所博士，現任高雄市文藻外語學院應用華語文系副教授，以教授古典詩學及台灣文學為專業。著有《施士洁及其文學研究》專著，及〈台灣古典詩人林小眉的南洋經驗〉、〈明清時期臺灣碑碣文獻文學性探析〉、〈從清代寺廟碑文看台灣民間信仰之傳播〉、〈魯迅〈祝福〉與張文環〈閹雞〉較論〉等論文。

提　　要

　　本論文所欲探討的問題是五言詩如何從不限句數、不講求平仄、對偶的「古體」，轉變為篇幅必須是八句，聲律必須講求一定的平仄黏對，對偶集中在中間兩聯的「五言律詩」。第二章先從外圍因素考察五言詩篇制的運用情形，將南北朝到初唐這段時期五言詩句數的運用狀況加以統計，以便看出詩歌篇幅在這段時期的變化。結果發現齊梁以後，十四句以上的長詩數量急速減少，八句詩反而成為詩壇上數量最多的詩歌體式。第三章則換個角度從詩歌本身的內部結構來分析。此章筆者透過比較長篇與短篇的章法結構，實際的來看長篇與短篇在創作技巧上的寫作差異。第四章的重點在於探討五言律詩律調平仄黏對的形成過程。將南北朝到初唐二十一位重要詩人的 1011 首五言八句詩逐一標示平仄，結論是平仄相對的原則在永明體時即已獲得關注，而相黏，則要到南北朝末期庾信、徐陵等人的作品中才看出大量試驗的跡象。第五章所關切的問題是律詩的對偶為什麼要集中在中間兩聯？處理的方式是將南北朝十位代表作家的 421 首五言八句式作品統計它們的對偶位置，發現以四聯全用對偶、前三聯用對偶及中間兩聯用對的數量最多。這種情形筆者以為與南北朝詩人特定的寫作題材與處理方式有關。

目

次

自　序

　　當這一篇耗費長期心力的作品，終於完成的一刻，心頭自然浮現的是星雲大師的一段話「世間上無論多遠多久訂下的日程，總是會到的；無論多苦多樂的事，也是會過去的。」當別人的青春歲月嬉遊在山林澤畔，而我卻必須像隻籠中鳥般困守在斗室孤燈下，難免會想到值不值得的問題？在這段時日裡，它牽動著我所有的喜憂，當問題遭遇瓶頸時，浮躁不安的情緒如西子灣颱風天翻騰的海浪，攪得人疲累不堪，但是寫到渾然忘我時，又真愛那種彷彿入定的滋味。如果生活不是為了終極的收獲，而是在體驗過程中的酸甜苦澀，那麼我心甘情願領受這種難得的經驗，我想我將會想念這段只專注一件事的日子。

　　每當夜深人靜，只剩下筆尖刮在紙頁上的聲音，常常會升起孤單無助的憤怨，但事情總在回顧的時候感受到你當時絕想不到的事。寫論文的這些日子，事實上我得到許多人的關心與幫助，例如簡師錦松在此論題上的點撥撞擊，每一次總教人得到靈光閃動柳暗花明的愉悅；王師金凌在參考書籍上的慷慨惠助，使得論文能順利地推展；連從不認識我的蔡師振念也願意幫我翻譯英文的論題，都使人捨不得離開中山這個環境。還有那一夥意氣相投的同窗慧妹、偉淑、淑玲、暖暖，以及好友雅芬、淑惠、國瑞，總不厭其煩的聽我叨絮所有的苦悶，沒有他們的勸勉砥礪、寬容貼心，我想早就失去寫作的興味了；當然

也忘不了那兩個熬夜爲我打字的可愛學妹作君及俊芬；父母、三姨一家人無怨無悔的關心照顧，使我不必分心爲生活瑣事張羅。願將此書完成的喜悅與他們共享，並致上我最誠摯的謝意。

口試的時候，周師益忠及徐師信義對此論題都提供了不少寶貴的意見，然而限於時間和目前的學力，終來不及修改，來日是一定要補正的。「書是寫來讓人質疑，不是寫來讓人相信的」，因此這不是定論，而是修正的開始，若有前輩來哲願批評賜教，將使此論題更臻完善。

1995.6 識於西子灣

第一章　概　說

　　五言詩自漢末成為中國詩壇的主角之後，如何從不限句數、不講求平仄對偶的「古體」，[註1] 轉變為既講究四聲的諧調，又重視對偶的工整，規矩謹嚴的「律體」？這是中國詩歌發展史上，一項重要的課題。前賢往哲不乏對此一問題的關注。首先，在檢視過歷代論及五律形成的詩話、詩格及文獻記載之後，我們得到以下幾點概括的印象：

　　一、五言律詩的形式，從南北朝開始，就已經逐步的醞釀成形，直到初唐才正式宣告獨立。如趙翼《甌北詩話》云：

　　　自謝靈運輩，始以屬對為工，已為律詩開端。沈約輩又分
　　　別四聲，創為蜂腰、鶴膝之說，而律體始備。至唐初沈、
　　　宋諸人，益講求聲病，於是五、七律遂成一定格式。如圓
　　　之有規，方之有矩，雖聖賢復起，不能改易矣。[註2]

────────────

〔註1〕通常說「古體詩」可能有兩種涵義，一、是以時代來劃分，專指漢
　　　魏六朝詩，如清·董文渙《聲調四譜》卷十二：「隋氏以前，詩皆古
　　　體。」二、是與「律體」相對，指不符合近體格律規範的詩。
〔註2〕見趙翼（1727～1814）《甌北詩話》（台北：木鐸，1982 年 4 月初版，
　　　頁 175。）類似的記載猶可見於：
　　　王世貞《藝苑巵言》卷四：「人知沈宋律家正宗，不知其權輿於三謝，
　　　彙鑰於陳隋也。」（丁福保輯《歷代詩話續編》，台北：木鐸，1983
　　　年 9 月，頁 1008）
　　　高棅《唐詩品彙》：「律體之興，雖自唐始，概由梁陳以來儷句之漸
　　　也。梁元帝五言八句已近律體，庾肩吾〈除夕〉律體工密，徐陵、

胡震亨《唐音癸籤》亦曰：

> 自古詩漸作偶對，音節亦漸叶而諧。宮體而降，其風彌盛。
> 徐、庾、陰、何，以及張正見、江總持之流，或數聯獨調，
> 或全篇通穩，雖未有律之名，已寖具律之體。〔註3〕

根據以上的說法，我們知道五律這種體裁的形成，不是一人一時的創作，是南北朝到初唐詩人，在對偶及聲律上努力探索的結果。其中尤以謝靈運、謝朓、沈約、徐陵、庾信、陰鏗、何遜；初唐則有四傑、沈宋等人居功最偉。五律由醞釀至成熟並成為嚴不可犯的定格，歷經了三百年的演進過程。

　　二、五律的「律」以「聲律」的條件最突出，是故以此定名。《舊唐書》卷一百九十下〈杜甫傳〉錄元稹之言曰：「沈宋之流，研練精切，穩順聲勢，謂之為律詩。」錢木菴《唐音審體》：

> 律詩始自初唐，至沈、宋，其格始備。律者六律也，謂其聲
> 之協律也。如用兵之紀律，用刑之法律，嚴不可犯也。〔註4〕

關於此，王應奎的《柳南隨筆》也有完整而詳盡的說明：

> 律詩起源於初唐，而實胚胎於齊梁之世。《南史‧陸厥傳》所
> 謂「五字之中，音韻悉異，兩句之內，角徵不同者」此聲病
> 之所始，而即律之所本也。至沈宋兩家，加以平仄相儷，聲
> 律益嚴，遂名之曰律詩。所謂律者，六律也。蓋指宮商輕重
> 清濁而言，不特平而平，仄而仄已也。即平之聲，有輕有重，
> 有清有濁，而仄之聲亦有輕有重有清有濁。〔註5〕

然而這些記載容易使人誤解五律只在「聲律」上用心而已，事實上問題並不單純。關於初唐律詩，《新唐書‧宋之問傳》有一段重要的記載：

> 庾信對偶精切，律調尤近。唐初工之者眾，王楊盧駱四君子以儷句
> 相尚，美麗相矜，終未脫陳隋之氣息。神龍以後，陳杜沈宋蘇頲李
> 嶠二張說九齡之流與繼述，而此體始盛。」（台北：學海，1983 年 7
> 月，頁 506）。

〔註3〕胡震亨《唐音癸籤》卷一（台北：木鐸，1982 年 7 月，頁 3）。

〔註4〕見丁福保輯《清詩話》（台北：木鐸，頁 781～782）。

〔註5〕見王應奎〈柳南隨書〉卷三，《筆記小說大觀》十八編（台北：新興
書局，頁 4435）。

> 魏建安後迄江左，詩律屢變。至沈約、庾信以音韻相婉附，
> 屬對精密。及之問、沈佺期又如靡麗，回忌聲病，約句準
> 篇，如錦繡成文，學者宗之，號爲沈、宋。〔註6〕

這段資料顯示初唐人在五律形式上的努力，除了聲律之外，還有篇制
與對偶，也就是說五律的「律」包涵著三大基本要素，指（一）、聲
律：「以音韻相婉附」、「回忌聲病」；（二）、篇制：「約句準篇」；（三）、
對偶：「屬對精密」。

　　三、雖然律詩的試驗早在六朝之時即展開，卻有其實而無其名，
直到中唐元稹才正式以「律詩」之名，指稱那些注重聲律、對偶的詩
作。〔註7〕當時人習以韻數的多少來指稱詩，如陳後主叔寶有《同管
記陸瑜七夕四韻詩》（五言八句），《七夕宴重詠牛女各爲五韻詩》（五
言十句），《上巳玄圃宣猷嘉辰禊酌名賦六韻以次成篇詩》（五言十二
句），《祓禊汎舟春日玄圃各賦七韻》（五言十四句），初唐杜審言有《贈
崔融二十韻》（五言四十句），駱賓王《秋日餞陵道士陳文林》序云：
「各賦一言，同爲四韻。」《秋日送尹大赴京》序：「人爲四韻，用慰
九秋。」陳子昂有《南山家園林木交映盛夏五月幽然清涼獨坐思遠率
成十韻》，甚至王昌齡《詩格》論及律詩聲調問題時，也僅以「四十
字詩」、「六十、七十、百字詩」稱之。〔註8〕由此可知當時人對「律
詩」的概念，其意涵指的是廣義的律詩，除了聲律對偶的要求外，並
沒有句數的限制，所以絕句及長律，也叫作「律詩」。但本論文的研
究對象指的是狹義的五言八句式律詩，這一點是要事先提出說明的。

　　從上述我們知道初唐的「律化」是承襲南北朝人的基礎而來，律
體應在聲律、篇制、對偶三方面用心，然而文獻卻沒有告訴我們這三
個條件應該如何配合？一個體裁在尚未定形前，選擇什麼樣的形式並

〔註6〕見《新唐書》卷二百二〈宋之問傳〉（台北：藝文，頁2294）。

〔註7〕元稹〈敘詩寄樂天書〉云：「聲勢沿順，屬對穩切者，爲律詩。」

〔註8〕見《文鏡秘府論》天卷〈調聲〉，王利器校註（台北：貫雅，1991年
12月初版，頁35）。根據王利器的註，「四十字詩」即指五言律詩，「六
十、七十、百字詩」分別指五言十二句，五言十四句，五言二十句。

不是絕對的,加上三個條件的互相搭配,使得選擇更加複雜化,而有多方的可能。這在南北朝時已充分的表現出來了。吳小平在其〈論五言律詩的形成〉一文中曾有精闢的論述,他說:「南北六朝時期出現了一種『古』與『律』參差交錯的現象;篇制是『律』,其所負載的音節、對偶未必皆『律』;聲調合『律』,其所投靠的篇制未必是五言八句式。」(《文學遺產》,1989 第六期,頁 47。)這種「古」與「律」混合的作品,正反映出五言律詩格律化過程的複雜性。那麼初唐人如何擺脫這種現象,將五言詩約束於一個統一的形式?即聲律必須講究一定的平仄黏對,篇制必須是五言八句式,對偶必須放在中間兩聯的位置上。它是如何演變成的呢?這些即是本論文欲探討的問題。

所以,本論文的研究斷代為南北朝至初唐,〔註9〕旨在考察五言八句律詩篇制、聲律、對偶三大格律確立的經過。

〔註9〕題目中的初唐在時間劃分上沿用明人高棅《唐詩品彙》中的說法,大約是指唐高祖武德元年至唐玄宗開元前夕(西元 618～712 年)這段時期。

第二章　南北朝至初唐五律篇制形成過程觀察

第一節　前　言

　　南北朝至初唐是我國詩歌由古體到律體的轉變時期，五言詩由漢魏古體到律體的發展最顯而易見的特徵，就是詩歌篇幅縮短了，並且以八句式爲固定的形式。而當這種形式與聲律、對偶結合的時候，就是所謂的「五言律詩」。因此，我們先由五律篇制的形成入手，探究五言八句詩是基於什麼條件成爲大家所普遍使用的定式？爲什麼偏偏要是八句，而不是十句、十二句，甚至更長呢？如果詩歌篇幅的長短，與所要表達的內容有關，那麼五言八句式在詩意的鎔裁及章法結構的安排上，與八句以上的詩歌比較，具有何種優越的性質與條件而能成爲五律的定氏？這些即是筆者所要探討的問題。本章則先從當時的文學創作理念、活動方式等外在因素，觀察詩歌篇幅變化的趨向。

第二節　從數量上看五言八句式的確立

　　五言詩的起源目前雖尚無定論，[註1] 但可相信的是最早在《詩經》

─────────────

〔註 1〕關於五言詩的起源較早的說法有：
　　　　一、鍾嶸〈詩品序〉云：「夏歌曰『鬱陶乎予心』，楚謠曰『名余曰

時代，就有五言詩的作品。不過從創作數量上來看，五言詩在漢末建安之後才成爲詩壇的主流。這些漢魏早期的五言詩在句數上是沒有限制的，有短至兩句的隨口歌謠，也有像〈古詩爲焦仲卿作〉長達三百五十五句的長篇鉅構，詩歌篇幅的長短相當隨性而沒有規律。正如劉勰《文心雕龍・章句》篇所形容的：「章總一義，須意窮而成體。」〔註2〕意思是說作品注重的是文意表達的完整性，篇幅的長短，以意義說完了爲準，並沒有一個既定的規則限制。雖然這時期也有八句的詩作，但無論在謀篇、修辭或用韻方面都不同於「律體」，我們稱其爲「漢魏古詩」。

南北朝至初唐是五律由醞釀至成熟的主要階段，我們首先對這一時期的五言詩篇制進行統計，統計材料：南北朝部分使用逯欽立輯校的《先秦漢魏晉南北朝詩》；初唐部分則用清康熙年間修纂的《全唐詩》。〔註3〕得到結果如下表所示。並且，詳列出南北朝與初唐存詩超過二十首的個別詩人，關於五言詩句數的運用及八句詩所佔創作總數的百分比情形。如果不管五言律詩的其他約制條件，如聲律、對偶的配合等，僅從篇制上來看，各個詩人在不同句數上的創作數量，正可以看出八句詩在每個時段的發展情形。

	四句	六句	八句總數及百分比	十句	十二句	十四句	十六句	十八句	二十句	五言詩總數	存詩總數
宋	62	18	55	13%	36	31	41	37	28	42	418	500
齊	48	2	74	32%	44	22	9	5	4	8	233	260

正則』雖詩體未全，然是五言之濫觴也。」（見《詩品注》，汪中注，台北：正中，1990 年，頁 2）。

二、劉勰《文心雕龍・明詩篇》云：「召南行露，始肇半章，孺子滄浪，亦有全曲。暇豫優歌遠見春秋，邪徑童謠近在成世，閱時取證，則五言久矣。」（台北：里仁，1984 年 5 月，頁 84）。

〔註2〕見劉勰《文心雕龍・章句》篇，頁 647。

〔註3〕《先秦漢魏晉南北朝詩》，逯欽立輯校，台北：木鐸，1988 年 7 月精裝三冊。

《全唐詩》，上海古籍出版社，1990 年 4 月初版六刷。

梁	394	134	507	29%	294	120	71	50	38	61	1761	1946
北魏	23	1	13	28%	2	1	1	0	1	1	46	62
北齊	15	2	32	44%	5	7	2	3	1	3	73	79
北周	64	6	83	29%	48	26	21	10	7	13	285	326
陳	50	25	277	57%	49	36	19	8	3	9	490	541
隋	54	11	79	29%	30	22	9	30	1	20	275	294
初唐	322	122	1388	48%	130	334	64	150	44	163	2880	3423

附表：南北朝至初唐重要詩人五言詩句數統計表

朝代	作者	生卒年	四句	六句	八句	十句	十二句	十四句	十六句	十八句	二十句	二十二句以上	五言詩總數	存詩總數	八句詩百分比
宋	謝靈運	385～433	10	5	8	2	3	6	8	11	11	22	86	98	9%
	謝惠連	394～430	5	2	5	5	2		1		2	2	24	32	20%
	劉駿			5	2	5	1	4	1			0	18	21	28%
	顏延之	384～456	1	1	8	2		2		1	2	8	25	29	32%
	鮑照	421？～465？	9		19	12	16	19	17	9	17	22	140	159	14%
齊	王融	468～494	20	1	14	10	9	3	2		1	0	60	66	23%
	謝朓	464～499	7		43	32	11	5	4	3	5	14	124	128	35%
梁	蕭衍	464～549	39		6	8	3	3	1	1	2	4	67	79	9%
	范雲	451～503	15	3	10	6	2		2		2	1	41	42	24%
	江淹	444～505	1	1	10	30	7	16	7	9	7	18	99	121	10%
	任昉	460～506	1	2	1	5	3	2	3			0	17	21	6%
	沈約	441～513	29	23	43	15	7	6	4	2	17	6	152	176	28%
	何遜		13	1	27	16	12	5	2		3	18	99	101	27%
	吳均	469～512	21	7	67	31	4	3		1	1	1	136	142	49%
	王僧孺	465～522	2	3	16	9	4	2			3	0	39	39	41%
	張率	475～527	2	1	2	3	1		2			0	11	24	18%
	蕭統	501～531	3	2	8	3			1		3	6	26	33	31%

	劉孝綽	481～539	13	6	14	13	3	8	3		2	5	67	68	21%
	劉孝威	?～548	12	2	5	11	6	3	6	1	1	5	52	60	10%
	蕭綱	503～551	60	29	72	31	20	7	4	6	6	10	245	282	29%
	庾肩吾	487～551	14	8	29	15	6	4		3	1	4	84	85	35%
	王筠	481～549	12	10	16	1	2	1	2	1	1	2	48	51	33%
	蕭繹	508～551	27	9	30	30	4	4		2	1	1	108	121	28%
北周	王褒	571?～?	5	3	16	6	2	3	4	2	1	2	44	48	36%
	庾信	513～581	52	3	86	38	24	16	5	5	11	8	248	256	35%
陳	陰鏗		1	1	16	10	5	1				0	34	34	47%
	張正見		3	2	58	7	4	2		2	3	4	85	91	68%
	陳後主叔寶	553～604	15	12	33	6	7	2	1		3	0	79	89	42%
	徐陵	507～583		2	25	4	4	1	1			0	37	42	68%
	江總	519～594	6	5	37	9	7	8	3			6	81	101	46%
隋	盧思道		1		7	1	4	2	6		2	0	23	27	30%
	隋煬帝楊廣		9	1	9	8	2	1	2		2	1	35	43	26%
	薛道衡	540～609	4		2	1	4		4		3	1	19	21	11%
初唐	太宗皇帝		14		50	10	5	2	6	2	5	2	96	99	52%
	楊師道	?～647	5	2	5	3	1	1			2	0	19	21	26%
	許敬宗	592～672	2		7	3	2	1	5	1	2	1	24	27	29%
	虞世南	558～638	7		9	1	1	2	2	2	3	3	30	30	30%
	王績	590?～644	19		8	4	9	1	3	1	2	2	49	56	16%
	上官儀	608?～664	2		9		1	1	1		1	0	15	20	60%
	盧照鄰	630?～685?	11		33		11	5	7	1	8	4	80	93	41%
	李百藥	565～648	3		11	2	4	2	1		1	1	25	26	44%
	上官昭容		9		9		1					0	19	27	47%
	楊炯	650～693?	1		14	1	6	1	4		3	1	31	33	45%
	王勃	650～675	33		35		4	1	1		1	0	75	97	47%
	張九齡	673～740	7		97	12	23	6	21	4	19	19	208	218	47%
	宋之問	656?～712	18		93	1	21	3	7	1	6	14	164	194	57%
	崔湜	670～714	1		17		6		1		2	1	28	32	61%

姓名	生卒年													
李　嶠	644～713	3		166	1	9	3	4		5	2	193	210	86%
杜審言	648？～708			28		3		1		3	0	35	43	80%
郭　震		10		3		1					0	14	23	21%
劉　憲	650？～711			10		5		1			0	16	26	63%
蘇　頲	670～727	8		31	1	20	1	4		5	7	77	99	40%
徐彥伯				12		2	1	2	1		3	22	34	55%
駱賓王	619？～684	7		71	6	12	3	11	1	2	6	119	131	60%
劉希夷			1	6	6	3		1	2	4	1	24	35	25%
陳子昂	656～702？	5	8	51	6	26	4	5	1	9	4	119	128	43%
張　說	667～730	34	1	122	18	41	6	14	4	14	6	260	312	47%
李　乂		1		22		7				1	0	32	43	69%
沈佺期	656～713	1		76	1	15	2	10	2	9		120	156	63%
趙彥昭		1		10		2		1			0	14	21	71%
鄭　愔		2		16	1	7				1		27	29	59%
崔國輔		23		7		3	1		1	1	0	36	41	19%
盧　象		1		11	1	3		6	1	1	0	24	28	46%

　　從八句詩所佔的百分比來說，南朝伊始五言八句式詩還不是主要的詩歌體裁，二十句以下的詩數量比例還相當平均，可見此時的創作在篇制上的運用還相當隨性，沒有特別的偏好。謝靈運、鮑照這兩位大家的作品情形也反應出同樣的情形，詩歌句數的運用八句到二十句的數量呈現一個密集而平均的分佈區。〔註4〕

　　南朝宋時十四句以上的長詩仍然很多，約佔五言詩創作總數的52%；直到蕭齊，八句詩逐漸增多（宋 13%→齊 32%），長詩反而急劇減少了（十四句以上，宋 52%→齊 18%），這更印證了初唐律詩孕育於齊梁的說法。謝朓是第一個傾力創作五言八句詩的人，但他的十句詩也不少，這是值得進一步探究的現象（詳第二章）。梁朝的沈約、何遜、吳均、蕭綱、庾肩吾、蕭繹，北周的庾信等都有不少的五言八

〔註 4〕統計表中另一個數據高峰是五言四句詩。五言四句式稱「絕句」或「短絕」，是我國詩歌形式的另一大系，雖然所佔的份量也不少，但五絕另外有其形成的途徑，不在本論文討論的範圍。

句詩作，尤其是庾信對唐人的影響更是深遠。

陳時八句式詩更是一支獨秀，創作比例高達 57%，詩人們只專注於這種新體式，陰鏗，張正見、陳叔寶、徐陵、江總等人的詩作，除了八句式以外其他詩作都僅有寥寥數首而已，連四句的「短絕」也少見了。如果說齊梁是八句詩的胚胎時期，那麼陳朝的詩人更是對八句律詩的催生盡了全力。

初唐的八句詩幾乎占了五言詩總數的一半（48%），被譽為「律詩成立的時代」，〔註5〕實在是有些道理的。為見出個別詩人在八句式方面的貢獻，更詳列出初唐詩人在八句詩創作數量及百分比的前十名：

李　嶠	張　說	張九齡	宋之問	沈佺期	駱賓王
166	122	97	93	76	71
陳子昂	唐太宗	王　勃	盧照鄰	蘇　頲	
51	50	35	33	31	

李　嶠	杜審言	趙彥昭	李　乂	沈佺斯	劉　憲
86%	80%	71%	69%	63%	63%
崔　湜	上官儀	駱賓王	鄭　愔	宋之問	
61%	60%	60%	59%	57%	

初唐八句詩創作數量最多的是李嶠，他的 193 首五言詩中，有 166 首是八句詩。其次是張說、張九齡，此三人主要的文學活動大部份在武后朝，五言八句律體的演進，至此成為文壇最主要的詩歌形式。創作數量多，留下的作品也多，有啟發後人的作用，百分比高者是顯現個人在八句詩上的專注程度。當然也有二者皆進榜的，如李嶠、沈佺期、宋之問、駱賓王，那表示這四人無論在數量或個人的用心程度，都足以做初唐五律成立的模範。

最後，由以上的統計，我們大致可以看出兩個研究問題：

〔註 5〕語出鄭振鐸《插圖本中國文學史》〈第二十四章律詩的起來〉，臺北：莊嚴出版社，1991 年 1 月初版，頁 293～309。

　　第一點，五言八句式成爲詩家愛用的體式，在齊梁時即已漸露端倪。詩歌的篇幅由長短不限制的古體，變成八句的律體，這種現象決不是突然或自然而然生成的，它必然有其發展的原因。因此，我們藉著觀察這段時期的文學創作觀念及文學活動，試圖解釋五言八句詩興盛的原因（詳第三節）。

　　第二點，在五言詩篇幅的選擇過程中，十句詩與十二句詩的數目雖然始終沒有超越八句詩，但與其他句數相較卻仍遙遙領先，這提醒我們在五律篇制的形成過程中，八句的長度並不是唯一的選擇，在律體的實驗過程中，十句、十二句等等任何一種長度都可能成爲律詩的定式，但最終還是以八句最佔優勢，原因何在呢？我們希望經由比較這三種形制的章法結構安排，看出八句式被選用的原因（詳第三章）。

第三節　從外在因素探討五言八句式之成因

　　根據上一節五言詩歌句數統計的結果，我們明確地看出五言詩的篇制有縮短的趨勢，並且以八句的長度最受大家採納，而這種現象的出現，則肇始於齊、梁。第一章時我們曾提過後人評初唐詩，總說初唐詩是繼承了「陳隋風流」，或者不脫「齊梁之氣」，而這「陳隋風流」、「齊梁氣習」指的正是一種「輕浮綺纂」「纖巧」的文學風格。如《舊唐書》卷一百九十下〈杜甫傳〉中所錄元稹之言：

> 建安之後，天下之士遭罹兵戰，曹氏父子鞍馬間爲文，往往橫槊賦詩，故其道壯抑揚冤哀悲離之作，尤極於古。晉世風概稍存，宋齊之間，教失根本，士以簡護弁習舒徐相尚，文章以風容色澤、放曠精清爲高，蓋吟寫性靈、留連光景之文也，意義格力無取焉。遲至於梁陳浮豔刻飾、佻巧小碎之詞，劇又宋齊之所不取也。〔註6〕

〔註 6〕語見《舊唐書》卷一百九十下〈杜甫傳〉（台北：鼎文，1980 年 3 月三版，頁 2525）。

建安之後，五言詩無論是題材的偏好，或者描寫的技巧不斷地推陳出新。前述元稹對梁、陳詩壇的評語「浮豔刻飾」是與詩歌描寫的內容及寫作技巧有關，[註7] 而「佻巧小碎」正道出了這時期詩歌體裁短小的特色。

　　本節所要處理的問題是：在什麼樣的時代背景下約束了五言詩的篇幅？下文我們將從齊、梁文學新變的創作理念與創作活動形態的轉變，及對作品內容的需求三方面來討論其對詩歌體式的影響。

一、文學審美觀的特色

　　五言詩篇幅的趨於短小，我認為最重要的原因是齊梁人對詩體的審美觀念改變了。關於齊梁文體的「新變」，《梁書・庾肩吾傳》曾有如下的記載：「齊永明中，王融、謝朓、沈約文章，始用新變。至是，轉拘聲韻，彌尚麗縟，復踰於往時。」[註8] 觀此所謂「新變」的創作風氣似指「轉拘聲韻」、「彌尚麗縟」二者。此又可與劉勰《文心雕龍・明詩》篇中所說的「儷采百字之偶，爭價一句之奇」互參。這裡提到的雖然只聲韻、對偶、辭藻等方面的問題，乍看之下似乎與篇幅的縮短無關，但是，除非有過人的才情，否則要寫出既要求音韻鏗鏘和諧，又要注意辭藻華美出奇的長篇詩文，是相當費心思的，短篇的體式反而比較容易達到他們的要求。從相反的方向來看，如建安文學，他們就是沒有這般講究，[註9] 所以寫出來的大都是舖陳直言的長詩。

〔註7〕「綺縟浮豔」通常是用來形容這時期的宮體詩，如京兆杜確云：「自古文體變易多矣，梁簡文帝及庾肩吾之屬，始為輕浮綺縟之辭，名為宮體。」（引自高棅《唐詩品彙》，台北：學海，1983 年 7 月，頁 11）。

〔註8〕語見《梁書》卷四十九〈庾肩吾傳〉指文體的新變，由齊永明開始，至梁簡文帝蕭綱文學集團的努力，愈演愈烈。（台北：鼎文，1980 年 3 月三版，頁 690）。

〔註9〕出處見劉勰《文心雕龍・明詩》篇，敘述魏晉到蕭齊時代文體變遷的情形：「暨建安之初，五言騰踊，文帝陳思，縱轡以騁節，王徐應劉，望路而爭驅：並憐風月，狎池苑，述恩榮，敘酣宴，慷慨以任氣，磊落以使才；造懷指事，不求纖密之巧，驅辭逐貌，唯取昭晰之能……。宋初文詠，體有因革，莊老告退，而山水方滋；儷采百

　　那麼除了遺留下來的作品之外，齊梁人對於詩歌的篇幅問題是否有更直接的討論呢？劉勰在《文心雕龍・章句》篇曾論述詩歌分章的問題，他說：

> 若乃改韻從調，所以節文辭氣，賈誼枚乘，兩韻輒易；劉歆桓譚，百句不遷；亦各有其志也。昔魏武論賦，嫌於積韻，而善於貿代。陸雲亦稱「四言轉句，以四句為佳。」觀彼制韻，志同枚貫。然兩韻輒易，則聲韻微躁，百句不遷，則脣吻告勞；妙才激揚，雖觸思利貞，曷若折之中和，庶保無咎。（頁648）

詩歌是有韻之文，這段引言表面上似乎只是在討論詩歌應該幾句換韻的問題。然而我們進一步的思考，換韻之處，往往代表的是一個意義的段落，也是分章的地方。因此，幾韻一換，就限定了一章的句數。〔註10〕劉勰認為「兩韻」（四句）〔註11〕一轉，轉的太快；「百句不遷」

　　字之偶，爭價一句之奇，情必極貌以寫物，辭必窮力而追新，此近世之所競也。」（周振甫注，台北：里仁，1984年5月，頁84～85）。

〔註10〕詩歌分章，本出於音樂上的配合，歌辭因此藉以標明段落，早如《詩經》就有分章的形式，後來的樂府詩更是大量運用。郭茂倩《樂府詩集》卷第二十六〈相和歌辭一〉云：「凡諸調歌詞，並以一章為一解。《古今樂錄》曰：『傖歌一句為一解，中國以一章為一解。』王僧虔啟云：『古曰章，今曰解，解有多少。當時先詩而後聲，詩敘事，聲成文，必使志盡於詩，音盡於曲。是以作詩有豐約，制解有多少，猶詩〈君子陽陽〉兩解，〈南山有臺〉五解之類也。』」（台北：里仁，1981年3月，頁376）。徒詩以分章組詩的形式出現顯然是受到歌詩的影響，通常有兩種面貌，一是一首詩分若干章，全篇統以一個標題，如謝瞻〈於安城答靈運詩〉五章、謝靈運〈酬從弟惠連詩〉五章、沈約〈遊鍾山詩應西陽王教〉、柳惲〈搗衣詩〉五章；二是每章都各有一個小標題，如謝靈運〈擬魏太子鄴中集詩〉八首、顏延之〈五君詠〉五首。後者每一章已可視為一首獨立完整的詩了。

〔註11〕周振甫《文心雕龍注》云：「後來初唐的歌行體詩，音節圓轉流美，往往四句或六句、八句轉韻，正符合劉勰的主張。如張若虛〈春江花月夜〉就是四句一轉韻的例。」（頁658）。周振甫比例舉的並不恰當，〈春江花月夜〉是七言歌行，七言詩與五言詩屬於不同的界域，不能相提並論。劉勰曰：「兩韻輒易，則聲韻微躁。」反對的是五言詩四句一轉韻，周振甫的注誤將「兩韻」以為是「兩句」。

又嫌刻板少變化，最後提出「折之中和」的理想。基於轉韻句數的限定，也等於是說一章的篇幅不要太短，也不要太長，以「中和」的長度最不易出錯。

然而「中和」的標準卻是相當模糊的，我們不禁要問，究竟多長才叫「中和」呢？《南齊書‧樂志》中有段重要的記載：

> 永明二年，尚書殿中曹奏：「……又尋漢世歌篇，多少無定，皆稱事立文，並多八句，然後轉韻。時有兩三韻而轉，其例甚寡。張華、夏侯湛亦同前式。傅玄改韻頗數，更傷簡節之美。近世王韶之、顏延之并四韻乃轉，得賒促之中。顏延之、謝莊作三廟歌，皆各三章，章八句，此於序述功業詳略為宜，今宜依之。」〔註12〕

這段話更是明確地指出「四韻乃轉」、「八句一章」的構想，他們認為，這樣的篇幅長度不但在內容上「序述功業詳略為宜」，在形式上也符合「賒促之中」、「簡節」之美。

如前所述，齊梁「新變文學」的重要特徵，徐了聲韻、辭采的要求外，篇制「中和」的理念也是不容忽視的。

這種厭冗長、趨簡節觀念的體現，也反應在齊梁人對時文的批評上，如蕭子顯批評南齊文章的三種弊病，其中之一曰：

> 一則啓心閑繹，托辭華曠，雖存巧綺，終致迂迴。宜登公宴，本非准的，而疏慢闡緩，膏肓之病，典正可採，酷不入情。此體之源，出靈運而成也。〔註13〕

又梁簡文帝蕭綱的〈與湘東王書〉也說：「比見京師文體，懦鈍殊常，競學浮疏，爭為闡緩。」接著批評謝靈運文「謝客吐言天拔，出於自然，時有不拘，是其糟粕…。是為學謝朓不屈其精華，但得其冗長。」〔註14〕在上節的統計中，謝靈運的詩以十六句以上的長篇居多，但是

〔註12〕語見《南齊書》卷十一〈樂志〉，頁179。
〔註13〕語見《南齊書》卷五十二〈文學傳論〉，頁908。
〔註14〕語見蕭綱〈與湘東王書〉，引自《中國歷代文論選》（台北：木鐸，頁288）。

謝靈運具有相當高的學織才力，所以鍾嶸仍讚美他「其繁富，宜哉」，將謝詩置於上品。蕭綱、蕭子顯批評的是當時拙劣的模仿者只學到謝詩的「長」，卻沒有足夠的才力相稱，以致流於疏緩無味弊病。這也反應出齊梁人已開始思及詩文篇制鎔裁的問題，[註15] 並且主張與其繁蕪不如精簡的文學觀念。從當時人對轉韻句數的要求及文學風氣的批評上，可見出他們對「精緻短小」文學體式的偏好。可惜的是都沒有更深入的討論，不過，卻都表現在具體作品的實踐上。

二、創作活動形態的轉變

　　齊、梁新變體式的出現，與「貴遊文學集團」的興盛及創作活動的方式有很大的關係。「貴遊文學」一詞，最先是在青木正兒《中國文學思想史》一書中出現，用來指稱宋玉以下一系列宮廷文士與侯門清客的文學。王夢鷗藉此更進一步定義為「以言語的技藝伺候當時對文學有興趣的貴人，上自天子，下及侯王，則是他們共通的職業性。貴遊文學家可包括天子侯王以及其言語侍從之臣，而稍別於一般的士大夫。」[註16]

　　事實上南朝許多君主侯王都是文學的愛好者，如裴子野（467～528）〈雕蟲論並序〉就說：

> 宋明帝博好文章，才思朗捷，常讀書奏，號稱七行俱下。
> 每有禎祥，及幸讌集，輒陳詩展義，且以命朝臣。其戎士
> 武夫，則託請不暇，困於課限，或買以應詔焉。於是天下
> 向風，人自藻飾，雕蟲之藝，盛於時矣。[註17]

宋明帝（西元 439～472 年）喜歡召集文武臣僚，從事筆墨遊戲，還

[註15] 劉勰《文心雕龍》有〈鎔裁〉篇云：「規範本體謂之鎔，剪截浮詞謂之裁。」說明練意與練詞的方法及對創作的重要性。練意就是要根據內容來選用相應的體裁；練詞指文辭的運用，贅詞尤如「駢拇枝指」、「附贅懸疣」宜刪去。（頁 615～616）。

[註16] 參見王夢鷗〈貴遊文學與六朝文體的演變〉，《古典文學論探索》，台北：正中書局，1984，頁 122。

[註17] 裴子野〈雕蟲論〉，引自《中國歷代文論選》，頁 284。

正是「貴游文學」產生的典型例子。之後，較知名的帝王文學家像梁武帝蕭衍、梁簡文帝蕭綱、陳後主叔寶、隋煬帝楊廣等也都喜歡在皇家池苑主持風雅；此外，侯門之中更是聚集了不少文壇名士，如南齊竟陵王蕭子良及其門下的竟陵八友、〔註18〕梁湘東王蕭繹、昭明太子蕭統等，不管其本身或者周邊依附的文學侍臣，都是當時的文壇俊彥。〔註19〕從前一小節引過的《南齊書‧樂志》的一則永明二年所上的奏章看來，有關文學的問題也可以在政府的正式公文裡討論，更可見宮廷中文學風氣的興盛。所以，有學者鑑於這種主要由皇室及其臣僚引領文壇風騷的時代特徵，稱其為「宮廷詩」的時代。〔註20〕

在這種創作環境下的作品，有其特色，例如從裴子野追記宋明帝時期的貴游文學活動情形看來，其創作動機是奉命而作，並非出於作者本身感物吟志非寫不可的發抒；其目的無非是為了娛耳悅目，搏上歡心，眾人為求出類拔萃，莫不極「藻飾」之能事，在文學技巧上賣弄功夫，如四聲的講究，詞彙、句法的新奇巧妙，用典隸事的繁密艱深，及對偶的複雜化等。蕭統〈文選序〉云：「踵其事而增華，變其本而加厲。」就是形容貴游文學活動造成文體演變的熱烈情況。〔註21〕

〔註18〕南齊竟陵王蕭子良於雞籠山西邸召集的「貴遊文學集團」，《梁書‧武帝本紀》云：「竟陵王子良，開西邸，招文學，高祖與沈約、謝朓、王融、蕭琛、范雲、任昉、陸倕等並遊焉，號曰八友。」（卷一，頁2）。又《南齊書‧竟陵王傳》記載蕭子良之事蹟云：「子良少有清尚，禮才好士，居不疑之地，傾意賓客，天下才學皆遊集焉。」（卷四十，頁694）。

〔註19〕這種文風集中在皇家宮廷的現象，仍然持續至初唐，如唐太宗及其「十八學士」、及高宗朝上官儀、武后朝的沈佺期、宋之問、杜審言、張說等。

〔註20〕所謂「宮廷詩」，美國哈佛 Stephen Owen 教授曾對此下了簡明的定義：「指五世紀後期至七世紀，宮廷成為詩歌活動中心時的時代風格。」這裡要特別說明的是「宮廷詩」並不等於「宮體詩」，宮體詩只是宮廷詩其中一類特殊的題材而已。見賈晉華〈初唐詩評介〉（Stephen Owen 著的《The Poetry of the Early T'ang》，美國耶魯大學出版社，1977），文學遺產，1985 第三期，頁140。

〔註21〕王夢鷗在其〈貴遊文學與六朝文體的演變〉一文認為六朝文體的演

在宮廷創作的過程中，本來就有遊戲競賽的性質，為了使宮廷即席賦詩變得迅速容易，必然形成一套成規與慣例，《南史》卷五十九〈王僧孺傳〉中就記載了這樣的遊戲規則：

> 竟陵王子良嘗夜集學士，刻燭為詩。四韻者則刻一寸，以此為率。文琰曰：「頓燒一寸燭而成四韻詩，何難之有？」乃與令楷、江洪等共打銅鉢立韻，響滅則詩成，皆可觀覽。
> 〔註22〕

事實證明，梁時還盛行著這樣的才技競賽，《南史》卷二十二〈王曇附王泰傳〉云：「轉黃門侍郎，（泰）每預朝宴，刻燭賦詩，文不加點，（武）帝深賞歎。」〔註23〕在一定的時間內進行詩文競藝的比賽，有必要限定作品的篇幅，如果甲寫了十句，乙卻寫了三十句，那麼將很難比較優劣了。另外，劉孝綽有一首五言八句詩〈賦得照棋燭刻五分成詩〉，也是這種競藝下的作品，「燭刻五分成」的意思是說他僅用了規定時間的一半就已完成，表示自己的才思敏捷。五言八句詩即是在這樣的時代背景下，被選擇為大家共同遵守的體式。

三、從作品內容看篇幅運用狀況

五言八句詩的盛行更是與齊、梁貴遊文士的創作習慣脫離不了關係。我們觀察南北朝的詩歌，舉凡描述宮廷中歌妓、舞女、美人姿儀情態的宮體詩；或者貴遊文士集會賦詩時互相交際應酬、遊戲助興時喜好的詠物題材，絕大部份是以十句以下的短篇來寫，尤其是四句及八句式。

這是個值得注意的地方，以謝朓詩為例，他的詠物詩大都出之以短篇，而晉宋時期流行的山水旅遊詩，到了謝朓仍然是以傳統的五言長

變實是貴游的風氣促成的，他說：「為著娛耳悅目而寫作文章，本是出於貴遊文學家的職志，也是他們所謂「文」的觀念。基於這種觀念，使得作家們不為文則已，倘欲為「文」，便不得不以娛耳悅目為第一義，因而他們寫的，縱不是命題作賦，但寫下來的結果，卻也是辭賦化的文章。」（見《古典文學論探索》，頁132）。

〔註22〕語見《南史》卷五十九〈王僧孺傳〉，頁1463。

〔註23〕語見《南史》卷二十二〈王曇附王泰傳〉，頁607。

篇爲體裁，如〈遊山詩〉三十句、〈始之宣城郡詩〉二十六句、〈遊敬亭山詩〉二十句、〈將遊湘水尋句溪詩〉十八句等等，極少用五言八句式。這透露出作品內容題材與所搭配的篇幅長短間的端倪，詩歌篇幅的縮短，我們認爲與齊、梁宮廷文人喜愛寫作品體與詠物的題材有關。

我們將南北朝 1131 首五言八句詩，依其歌詠的內容分成以下數類：

	宋	齊	梁	北魏	北齊	北周	陳	隋	合計
公 讌	3	0	8	0	2	3	4	4	24
分離送別	2	14	29	0	1	6	8	6	66
詠 史	2	1	3	4	0	3	8	0	21
遊 賞	7	6	52	2	8	10	26	6	117
挽 歌	2	0	8	0	2	0	2	3	17
贈答酬和	5	15	40	0	0	24	4	2	90
軍戎邊塞	0	0	1	1	2	1	4	0	9
宮 體	3	3	55	1	0	2	9	5	78
詠 物	3	16	99	2	5	31	57	23	236
時令節氣	7	0	28	0	5	7	5	7	59
樂 府	7	17	123	2	3	11	124	18	305
其 他	5	2	44	1	4	21	27	5	109
五言八句詩總數	46	74	490	13	32	119	278	79	1131

依據上表，發現除了樂府詩外，[註24] 五言八句詩以詠物題材佔最多數，而詠物詩正是齊、梁貴遊文學集團流行的寫作題材。沈約、謝朓、王融等陵文士開始大量以四到十句的短篇來寫詠物詩，舉凡大自然的風、雲、雨、電、花、木、蟲、鳥；或者日常的器用、擺設、樂器等，

〔註24〕南北朝五言八句式的樂府詩也有不少是詠物，或描寫宮體閨怨的詩，前者如〈芳樹〉、〈朱鷺〉、〈雉子斑〉、〈梅花落〉、〈紫騮馬〉、〈驄馬〉、〈秋竹曲〉、〈城上烏〉等；後者如〈有所思〉、〈巫山高〉、〈自君之出矣〉、〈夜夜曲〉、〈獨不見〉、〈銅雀妓〉、〈艷歌曲〉等，從謝朓、王融到江總、張正見，幾乎所有的詩人都寫過這兩類的樂府題。

都可成為他們描寫的對象。以竟陵八友的詠物作品來看：

（一）沈約（41 首）

句數	詩　題	首數
四句	大言應令、細言應令、詠餘雪詩、詠帳詩、侍宴詠反舌詩、寒松詩、詠孤桐詩、詠梧桐詩、園橘詩、詠梨應詔詩、西地梨詩、詠芙蓉詩、詠杜若詩、詠鹿蔥詩、詠甘蕉詩、詠菰詩、四城門詩	17
六句	詠新荷應詔詩、聽蟬鳴應詔詩、詠笙詩、詠箏詩、詠山榴詩、石塘瀨聽猿詩	6
八句	庭雨應詔詩、詠篋詩、詠竹檳榔盤詩、詠簷前竹詩、翫庭柳詩、詠桃詩、詠青苔詩、領邊繡、腳下履	9
十句	應王中丞思遠詠月詩、詠雪應令詩、詠湖中雁詩、麥李詩	5
其他	奉和竟陵王郡縣名詩（二十）、奉和竟陵王藥名詩（二十）、和王中書德充詠白雲詩（十四）、和劉雍州繪博山香爐詩（二十四）	4

（二）謝脁（16 首）

句數	詩　題	首數
四句	詠鸂鶒	1
六句		0
八句	詠薔薇詩、詠蒲詩、詩菟絲詩、遊東堂詠桐詩、詠鏡臺、詠燈、詠燭、同詠樂器——琴、同詠坐上玩器——烏皮隱几、同詠坐上所見一物——席	10
十句	詠風詩、詠竹詩、詠落梅詩、詩竹火籠	4
其他	詠牆北梔子詩（十二）	1

（三）王融（11 首）

句數	詩　題	首數
四句	奉和月下詩、詠地上梨花詩、詠梧桐詩、詠女蘿詩、四色詠、離合賦物為詠詠火	6
六句		0
八句	詠琵琶詩、詠幡詩、藥名詩、星名詩	4
十句		0
其他	奉和竟陵王郡縣名詩（二十）	1

（四）范雲（14首）

句數	詩　　　　　題	首數
四句	詠桂樹詩、詠寒松詩、園橘詩、詠早蟬詩、擬古四色詩、四色詩四首	9
六句		0
八句	詠井詩、詠廢井詩	2
十句	州名詩	1
其他	奉和竟陵王郡縣名詩（十六）、數名詩（二十）	2

（五）蕭衍（5首）

句數	詩　　　　　題	首數
四句	詠舞詩、詠燭詩、詠筆詩、詠笛詩	4
十句	紫蘭始萌詩	1

（六）任昉（2首）

句數	詩　　　　　題	首數
六句	詠池邊桃詩	1
八句	同謝朏花雪詩	1

（七）蕭琛（1首）

句數	詩　　　　　題	首數
四句	詠鞞應詔	1

（八）陸倕（0首）

　　其中有不少題為「應詔」、「應令」、「奉和」之詩，乃文學侍臣們隨著主上的命題而作的應制詩；而謝朓〈同詠樂器──琴〉題下有注曰：「王融詠琵琶，沈約詠箎。」、〈同詠坐上玩器──烏皮隱几〉題下注曰：「沈約詠竹檳榔盤」、〈同詠坐上所見一物──席〉題下注曰：「柳惲詠同，王融詠幔，虞炎詠簾。」這些例子顯示貴遊文士們集會賦詩以詠物為戲的事實，他們針對身邊周遭的物件分題創作，具有娛樂競藝的意味，而這種遊戲的性質還可從題為四色、大言、細言、藥

名、星名、數名、州名等詩中見出。

　　另外，與詠物詩同時流行於詩壇的「宮體」，更被直接喻爲造成詩歌體裁革命的新體詩。關於宮體課題的研究，前人多有精闢的見解，如林文月言：「齊梁時代的宮體詩人，也以同樣寫實客觀的態度去作詩，只是他們的寫作對象不是大自然，而是在人世間；眼前之人與身邊之景物。他們把美人之一舉一動，一顰一笑，男女的情愛及周圍之景物，用具體而刻畫的手筆，細賦逼眞地吟詩在詩章裡。」〔註25〕事實上，就廣泛的意義來說，宮體詩也可算是詠物詩的一種，詠物詩以「物」，爲描寫的對象，宮體詩雖以「人」爲描寫對象，卻以觀「物」的眼光來觀人寫人，把人物的眉目神情、姿儀體態、衣著佩飾等細細地描繪出。當時文人有集體創作詠物詩的風氣，這樣的風氣其極致便有「宮體詩」的變化。〔註26〕

　　關於「宮體」一詞的理，文獻記載最早可見於《梁書》卷四〈簡文帝紀〉：

> 太宗幼而敏睿，識悟過人，六歲便能屬文。……雅好題詩，其序云：「余七歲有詩癖，長而不倦。」然傷於輕豔，當時號曰「宮體」。

及卷三十〈徐摛傳〉：

> 遍覽經史，屬文好爲新變，不拘舊體。……王（指蕭綱，時爲晉安王）入爲皇太子，轉家令，兼掌管記，尋帶領直。摛文體既別，春坊盡學之，「宮體」之號，自斯而起。〔註27〕

由此可知所謂的「宮體詩」，最初是指蕭綱及其身邊文士所創作的具有「輕豔」風格的文學樣式。

　　然而這種新變的詩歌呈現何種特點？何以被後人認爲「輕豔」？

〔註25〕見林文月〈南朝宮體詩研究〉，《臺大文史哲學報》第十五期，1966年8月，頁420。

〔註26〕參劉漢初《六朝詩發展述論》第五章詠物詩，台大博士論文，1983年5月，頁278。

〔註27〕《梁書》卷四〈簡文帝紀〉，頁109。卷三十〈徐摛傳〉，頁447。

《隋書・經籍志集部》總論有較具體的說法：

> 梁簡文帝在東宮，亦好篇什。清辭巧製，止乎衽席之間；
> 雕琢藻蔓，思極閨闈之內。後生好事，遞相放習，朝野紛
> 紛，號爲「宮體」，流宕不已，訖于喪亡。

此段引文令我們得知宮體詩的題材，是出於「衽席之間」、「閨闈之內」的；而「清辭巧製」、「雕琢蔓藻」則是指辭藻的雕飾。梁簡文帝蕭綱是宮體詩人的代表，我們實際觀察他的宮體作品，其內容不外是模擬深閨思婦、棄婦怨妾情思的閨怨詩，如〈愁閨照鏡詩〉、〈金閨詩〉、〈寒閨詩〉、〈秋閨夜思詩〉、〈詠人棄妾詩〉、〈倡婦怨情詩十二韻〉、〈倡樓怨節詩〉等；或者描寫宮妓、舞女、寵妾等美人的生活起居與容貌姿態，如〈詠美人看畫詩〉、〈美人晨妝詩〉、〈和林下妓應令詩〉、〈和人愛妾換馬詩〉、〈詠內人晝眠詩〉、〈傷美人詩〉、〈詠舞詩〉、〈夜聽妓〉等，以女人的一切爲描寫的客體對象，因此才會予人柔靡綺豔的感覺。可見「輕豔」之譏，乃在於此。而做爲「新變」體裁的宮體，在體製方面與前述其他詩人的詠物詩一樣，大部份以十二句以下的短篇表現。

無論其他詩人的詠物或狹義的宮體作品，都是貴遊文學團創作下的產物，整個齊、梁、陳、隋詩壇，只要是詠物詩或宮體詩大都出之以短篇，尤其是五言八句式。

第三章　從詩歌內部結構探求五言八句式篇制之成因

第一節　前　言

　　詩人生活在特定的時代,在詩歌創作中採取那種形式?一方面受所處時代的各種社會條件影響,一方面也受語言發展規律的制約。八句式成爲五言律詩的基本句數,上一章已說明了它形成的理論背景及外在的社會條件。本節嘗試從另一角度——詩歌本身的內部結構,來尋求八句詩成爲詩壇主要形式的原因。要先聲明的是一首詩的內部結構,實包括押韻、平仄、對偶、章法、句法、辭彙等問題,而本章想從詩歌的章法安排這一點來看,其餘則留至後文討論。

　　筆者認爲詩歌篇幅的縮短與固定開始於蕭齊,因爲本論文第一章第一節關於五言句數的統計中,發現劉宋時期各種句式被使用的次數差距並不大。到了齊梁時代被人們寫作最多的,首爲八句式,其次爲十句式,再其次爲六句及十二句式。這四種形式與十四句以上的詩歌數量比較,可看出明顯的差距。

　　因此可以這樣來想,五言律詩在起始摸索的階段,其體制的嘗試是多方面的,比較受注意的形式並不會恰如後世定型了的樣子——八

句。總會在一個較寬的範圍中試驗，最後才確定一個體式。在試驗過程中，十句式也是當時新體詩的一種重要體式，但是，經過齊梁詩人的試驗，到了陳朝，甚至十句式也被淘汰了（八句式與十句式之數量比為 277：49，相差懸殊）。因此，在討論五律篇制的問題時，透過二者的比較，或許能明白八句式較其他形式優越之處。

五律為什麼要以八句為定體？為什麼不是六句、十句、或者十二句式呢？近來學者的研究主要歸因於聲律說發展的結果，即與平仄格律的組合有關。例如吳小平〈論五言八句式詩的形成〉一文指出五言八句式的優點，是因為「它向五言律詩的基本節奏型提供了一個恰如其分的句數基礎，使詩歌音樂美的因素得到準確而完滿的發揮。」根據吳小平的論旨，現在概括敘述如下：

所謂律詩的「基本節奏型」是依據王力《漢語詩律學》的說法，〔註1〕五律雖有八句，但其平仄變化，不出下列四種基本形式：

　　a 式：｜｜－－｜
　　A 式：｜｜｜－－
　　b 式：－－－｜｜
　　B 式：－－｜｜－

八句律詩的聲律即是這四種基本節奏型的重複組合，〔註2〕也有四種情況：

一、仄起式
　　（一）首句不入韻：aB，bA，aB，bA。
　　（二）首句入韻：AB，bA，aB，bA。
二、平起式
　　（一）首句不入韻：bA，aB，bA，aB。

<hr>

〔註1〕參《王力文集》第十四卷《漢語詩律學》（上），山東教育出版社，1989 年 11 月，頁 88。

〔註2〕啟功〈詩文聲律論稿〉也說：「八句律詩的聲律，實是兩個四句律調重疊組成的。」（《漢語現象論叢》，台北：商務，1993 年 3 月，頁172）。

（二）首句入韻：BA，aB，bA，aB。

以上四種組合中，首句不入韻式四個基本節奏正好都重複一次；在首句入韻式裡，節奏型的出現雖稍有錯落，但基本上仍然以出現兩次爲原則。五言八句律詩的聲律以此四個基本節奏型爲一個單位循環一次，讀起來具有抑揚頓挫、迴環往復的音律之美，但如果是六句或十句式就會破壞它均衡對稱的美感，又假使基本節奏循環出現三次（十二句）以上，那麼這樣的音律聽起來將覺得冗長而單調。〔註3〕

這個說法雖然有其道理，但也只是依憑既成的律詩聲調立論的後見之明，並不能解釋八句詩何以從無到有到大量產生的原因。而且，五言八句詩原先並無嚴格的聲律關係，用後世定型的詩律來解釋問題，與實際的形成事實不符。我們只要觀察永明詩人五言八句式聲律的運用情形便可知，雖然永明詩人已開始意識到詩歌聲律變化的重要性，作品中也出現不少合律的單句，但是離創造出和諧優美的組合，並定爲嚴格遵守的詩律還差很遠（詳細情形可參考本論文第四章），符合以四種基本節奏型重複組合原理的八句詩更是少之又少。可見，永明詩人的八句式是否合乎嚴格的詩律並不影響其大量創作五言八句詩的事實。王力提出的四種基本律式是律詩成熟定型之後的「標準詩律」，成熟的詩律確實符合均衡對稱的美感，但這也是經過長期摸索試驗的結果。

新體裁發展之初，聲律與篇幅配合的過程，應該是如此的；它可能產生無數種組合的方式，不會一開始就發展成固定而完美的形式。但也不是毫無限制的，我們並不否定對於聲律的重視，還是有助於篇幅的縮短和句數的固定。因爲，篇幅過長或者句數不固定，聲律的運用必定更爲複雜，不便於確定某種格式。然而正因爲這是一個摸索試驗的時期，如同聲律運用的混亂紛紜一樣，在以多長篇幅爲宜這一點上具有相當的彈性，根據統計的結果，被使用的篇幅以八句、十句、

─────────────

〔註 3〕參見吳小平〈論五言八句式詩的形成〉，《文學遺產》，1985 第二期，頁 33～34。

十二句、十四句這一分佈區的數量最多。而分析它們的聲律運用情形，雖然已開始注意本句平仄諧調的問題，卻還不能歸納出一定的重複規則，那麼爲什麼選擇八句式？我想得從另個方向再探討。

簡師錦松在〈彌天法律細談時〉文中討論律詩句數的問題時，曾提出：如果四句的基本節奏重複三次，成爲十二句詩，那麼可能在內容結構的安排上，會有鬆散或重心矛盾的毛病。〔註4〕觸發我們另一個思考方向——從詩意安排方面看篇幅以八句爲主的趨向。

第二節　律前八句詩與謝靈運山水長篇章法對比

在「律」的觀念未形成之前，短章或長篇嚴格來說都是「古詩」。對當時人而言，還沒有「古」與「律」體裁分辨的概念。齊、梁雖有所謂精緻短巧的「新變體」興起，然而以多長篇幅來寫作？也還沒有固定下來。當詩人面對一個題材欲形諸歌詠時，也許還不清楚要以多少句來描寫，然而篇幅的長短卻必須先決定。因爲，長有長的章法，短有短的結構，二者所能容納的質量並不一樣。詩歌的章法結構是本然存在的，才高者可以下筆儼然，才薄者胸中則通常有模仿的藍圖。齊、梁時代，劉勰雖已提出詩意鎔裁的概念，然而如何鎔裁？卻沒有具體的說明。因此，筆者將比較八句式與長篇的章法結構，試圖瞭解齊、梁人在詩歌篇幅上削繁就簡的原因所在。

根據《文心雕龍·明詩》、〈物色〉篇的記載，南北朝文學發展的特色是這樣的：

> 宋初文詠，體有因革，莊老告退，而山水方滋。儷采百字之偶，爭價一句之奇，情必極貌以寫物，辭必窮力而追新，此近世之所競也。（頁85）

> 自近代以來，文貴形似，窺情風景之上，鑽貌草木之中。吟詠所發，志惟深遠；體物爲妙，功在密附。故巧言切狀，

〔註4〕見簡師錦松〈彌天法律細談詩〉討論律詩句數的說法。《中外文學》十一卷九期，1983年2月，頁42。

　　如印之印泥，不加雕刻，而曲寫毫芥。（頁846）

學者廖蔚卿曾根據這兩段記載，將南北朝的文學特色作了如下的概說，認為它包括了三個要素：〔註5〕

　　一、題材，即巧構形似的對象：以日月、風雲、草木、山水等自然物色為主。

　　二、技巧，即巧構形似的手法：密附、曲寫：這不僅指儷辭、奇句、新辭，主要是指比興誇飾等描寫形容的修辭技巧。

　　三、題旨，即巧構形似的作風及目的：吟詠其志。

　　晉宋之際是山水詩蓬勃發展的時代，士人賞愛山水，歌詠大自然是此時的時代風氣，對自然景物真實細緻的表現遂成為詩歌中一個引人注目的現象。自然山水作為獨立的審美對象，終於出現在中國文學史上。此時最重要的山水詩作家，當屬謝靈運。〔註6〕謝靈運是南朝文學發展的開先人物，其作品在當時具有很的評價，鍾嶸《詩品》將其列為上品，並成為後代詩家模仿的對象，如蕭綱在〈與湘東王書〉一文中就曾提及當時詩壇「學謝」的盛況。〔註7〕因此，以下筆者將拿謝靈運的山水詩與齊、梁以八句寫作的山水詩比較，在處理相同題材時，詩歌篇幅縮短的原因何在？

　　整體看來，謝靈運的山水登游詩大都以十四句以上的長篇表現，並且具有完整的結構。關於謝靈運的山水登游詩的寫法，廖蔚卿說：「大抵以『體物』、『寫物』、『感物吟志』三要素組合而成。」林文月

〔註5〕參考廖蔚卿〈從文學現象與文學思想的關係談六朝巧構形似之言的詩〉，收於《中國古典文學論叢冊一：詩歌之部》，台北：中外文學月刊社，1985年3月三版，頁40。

〔註6〕《南史‧謝靈運傳》云：「靈運因祖父之資，生業甚厚，奴僮既眾，義故門生數百，鑿山峻湖，功役無已。尋山陟嶺，必造幽峻，巖嶂數十重，莫不備盡。…嘗自始寧南山伐木開徑，直至臨海，從者數百。臨海太守琇驚駭，謂為山賊。」

〔註7〕蕭綱〈與湘東王書〉云：「又時有效謝康樂者，亦頗有感焉。何者？謝客吐言天拔，出於自然，時有不拘，是其糟粕。……是為學謝則不屆其精華，但得其冗長。」見《中國歷代文論選》，木鐸，頁288。

也認爲，大謝詩中有一種井然的推展次序，〔註8〕即：

記遊→寫景→興情→悟理

舉其詩例而言，謝靈運〈登江中孤嶼詩〉：

江南倦歷覽，江北曠周旋。

懷新道轉迥，尋異景不延。

亂流趨孤嶼，孤嶼媚中川。

雲日相輝映，空水共澄鮮。

表靈物莫賞，蘊眞誰爲傳。

想像崑山姿，緬邈區中緣。

始信安期術，得盡養生年。

首四句記遊，寫出他登遊的動機是爲了周旋歷覽，以探幽尋異；五至八句寫景，將孤嶼與江流、雲與日、水與空的相互關係刻劃出來。九至十二句興情，面對這樣空靈秀媚、虛幻浩渺的山光水色，興起錯愕迷惘之情，自己也好像遠離了塵緣。最後兩句「始信安期術，得盡養生年」是在賞景感動之餘悟出在這超凡脫俗的地方，可以長生不老的道理。

此種結構，亦爲鮑照、謝朓等所仿效，成爲山水詩人共同的章法。例如鮑照〈望水詩〉：

刷鬢垂秋日，登高觀水長。

千澗無別源，萬壑共一廣。

流駛巨石轉，湍迴急沫上。

苕苕嶺岸高，照照寒洲爽。

東歸難忖惻，日逝誰與賞。

臨川憶古事，目屛千載想。

河泊自矜大，海若沈渺莽。

按：首二句記遊，次六句描寫景物，末六句因景而興情悟理，這是謝靈運山水詩的典型結構。

〔註8〕參考林文月〈中國山水詩的特質〉，收於《中國古典文學論叢冊一：詩歌之部》，頁 134。

　　所以，對於山水詩我們有一個較清楚的輪廓；它的題材必須以山水之類自然景物爲主；以巧構形似爲其技巧，用種種修辭手段呈現物貌，達到如「印之印泥」的具體效果；至於題旨，則須有作者因體物而生的情志表現。此外，值得我們注意的是，山水詩必須有一種完整的結構，須敘事、寫景、情理兼具，其次序或許有改變，但層次必須分明。雖然此時的山水詩還沒有固定的句數，但其章法安排卻有共同的模式可循。

　　謝詩章法的四個層次：敘事、寫景、興情、悟理，事實上可以更精簡爲「三部式」的詩意結構，即背景→景象→反應。開頭部份提出主題、介紹背景，通常是寫出遊的動機及經過；接著中間用兩聯以上的對偶句細細勾勒所見所聞的山水景物；結尾部份則道出對所寫景象的反應，通常是情感的抒發或某種道理的領悟。

　　齊梁以後的山水風景詩，大約可分爲兩類，一類是山水登遊詩，一類是歌詠春、夏、秋、冬的四季節候詩。分析這些八句式作品的章法，雖然也有完全符合三部式結構的：如謝朓的〈與江水曹至干濱戲〉：

　　　　山中上芳月，故人清樽賞。
　　　　遠山翠百種，回水映千丈。
　　　　花枝聚如雪，蕪絲散猶綱。
　　　　別後能相思，何嗟異封壤。

按：一、二句點出作者與江山曹到干濱遊賞的地點（山中）及時間（月夜）；中間三、四、五、六句則寫遇目所見之景；七、八句則抒發別後能相思的濃厚情誼。

　　但並不是每首都具有如此完整的結構，例如有直接由景色切入，省略開頭出遊背景交待的。如蕭綱〈晚景出行〉：

　　　　細樹含殘影，春閨散晚香。
　　　　輕花鬢邊墜，微汗粉中光。
　　　　飛鳧初罷曲，啼鳥忽度行。
　　　　羞令白日暮，車騎爵相望。

也有以景物作結的開放式結尾，[註9] 如庾肩吾的〈暮遊山水應令賦得磧字詩〉：

餘春屬清夜，西園自遊歷。
入逕轉金輿，開橋通畫鷁。
細藤初上檻，新流漸涵磧。
雲峰沒城柳，電影開巖壁。

甚至整首詩都是在敘景，如沈約〈傷春詩〉：

弱草半抽黃，輕條未全綠。
年芳被禁籞，煙華繞城曲。
寒苔卷復舒，冬泉斷方續。
早花散凝金，初露泫成玉。

可見齊梁人在創作短篇的山水詩時，並不一定遵照山水詩傳統的三部式結構去寫。詩要寫得長，三部式中的任何一部分都不可省略，不但謝靈運的詩如此，謝詩之前的山水長篇也是這樣舖排的，例如晉‧謝混的〈游西池〉：

悟彼蟋蟀唱，信此勞者歌。
有來豈不疾，良游常蹉跎。
逍遙越城肆，願言屢經過。
回阡被陵闕，高臺眺飛霞。
惠風蕩繁囿，白雲屯曾阿。
景昃鳴禽集，水木湛清華。
褰裳順蘭沚，徒倚引芳柯。
美人愆歲月，遲暮獨如何。
無爲牽所思，南榮戒其多。

按：背景：一～六句，一～四句借詩經的典故，提出應結交良友及時行樂、遊覽山水的心願，五、六兩句扣住本題，轉入游西池的開端。
　　景象：七～十四句，寫西池的動人景色。

[註9] 所謂「開放式結尾」，即作者沒有直接說出自己的觀點或情感，而以單獨的意象結束詩篇。例如庾信〈晚秋〉結尾：「可憐數行雁，點點遠空排。」王勃〈江亭夜月送別〉：「寂寂離亭掩，江山此夜寒。」

反應：十五～十八句，西池的景色儘管美麗，但日暮昏黃之景，
卻引發詩人時不我待的遲暮情懷。最後兩句從老子與南榮趎的典
故中領略應摒棄俗念，不爲功名所累的道理。〔註10〕

即使是偏好短篇巧製的齊、梁詩人，偶爾寫十四句以上的山水長篇時，
也必定遵循三部式的結構方式去寫。如沈約〈游沈道士館〉〔註11〕

秦皇御宇宙，漢帝恢武功。
歡娛人事盡，情性猶未充。
銳意三山上，托慕九宵中。
既表祁年觀，復立望仙宮。
寧爲心好道，直由意無窮。
曰余知止足，是願不須豐。
遇可淹留處，便欲息微躬。
山嶂遠重疊，竹樹近蒙籠。
開襟濯寒水，解帶臨清風。
所累非物外，爲念在玄空。
朋來握石髓，賓至駕輕鴻。
都令人徑絕，惟使雲路通。
一舉凌倒影，無事適華嵩。
寄言賞心客，歲暮爾來同。

按：背景：一～十四句，借用秦皇漢武爲了滿足欲望渴慕神仙的事蹟，
反襯自己的隨遇而安，到處可淹留，包括游沈道士館在內。

景象：十五～十八句，具體寫景。

反應，十九～二十八句，徜徉山水之餘，設想求仙得道的趣味。

〔註10〕老子門徒庚桑楚已教導他的學生南榮趎說：「全汝形，抱汝生，勿使汝
　　　　思慮營營。」後來南榮趎又就教於老子，進一步領悟到守道抱一，忘
　　　　我忘世，無欲無心的至道，因而自戒俗念之多，深得全年養生之術。

〔註11〕相同詩例尚有沈約〈新安江至清淺深見底貽京邑同好〉〈早發定山〉
　　　　（十四句）、謝朓〈游敬亭山〉（二十句），〈將游湘水尋句溪〉（十八
　　　　句），〈晚登三山還望京邑〉（十四句），〈郡內登望〉（十八句）；沈約
　　　　〈未沐寄懷〉〈寄車圓〉（二十句）；蕭綱〈侍游新亭應令〉（十六句）；
　　　　王筠〈北寺寅上人房望遠岫完前池〉（二十四句）。

此詩不但在章法結構上模仿謝靈運，在詩句上也可見化用的痕跡，如：「寄言賞心客，歲暮爾來同」，令人聯想到謝詩〈石壁精舍還湖中作〉的「寄言攝生客，試用此道推」及〈田南樹園激流植援〉的「賞心不可忘，妙善冀能同」。

這個現象告訴我們在句式縮短的過程中，首先被破壞的是三部式結構的穩定性，詩人在詩意的安排上，不一定要遵守傳統的模式，一首山水詩不一定有開頭背景的交待，也不一定要有敘說情意的結尾。當然，既是山水詩，景致的描寫是唯一不可少的。因此，在詩意偏省的條件下，詩要舖衍得長，恐怕不是件容易的事了。即使寫得長，但詩意卻沒有轉折層進的發展，讀來也會感覺索然無味，這也是齊梁新體趨於短巧的原因。下文我們將更進一步從具體的寫作內容及方式，觀察篇幅縮短的原因。

第三節　從章法內容比較謝靈運山水長篇與齊梁短篇之差異

本節筆者將分成三個部分，進一步比較謝詩山水長篇與齊梁新體在詩意舖陳上的特色，可以更清楚的看出二者在處理相同題材時，描寫內容的繁略差異。

一、開頭背景的敘說

典型的山水詩章法，開頭必先交待游賞的緣起，例如出游的動機、方式、時間、地點等，這在筆者所觀察的二十八首謝靈運登臨山水的作品中，沒有一首例外的。甚至可以用十二句的長篇幅來敘述這些事，例如〈過始寧墅〉：

　　束髮懷耿介，逐物遂推遷。
　　違志似如昨，二紀及茲年。
　　緇臨謝清曠，疲爾慚貞堅。
　　拙疾相倚薄，還得靜者便。

> 剖竹守滄海，枉帆過舊山。
> 山行窮登頓，水涉盡迴沿。
> ⋯⋯⋯⋯⋯⋯

始寧墅在浙江上虞縣，是謝靈運的莊園。永初三年（西元 422 年），詩人政治鬥爭的傾軋中被迫離開京師，出任永嘉太守。在赴任途中順道回到自己的故鄉，並描繪了那兒的秀麗風光。這段故事詩人用了前十句交待，一開始細寫自已二十幾年來浮沈於宦海疲倦苦澀的心情，並且化用《老子》：「歸根曰靜」的哲理，表達自己退隱故鄉的心願。接著用「山行」、「水涉」發起「游」的動作。

又如〈登上戍石鼓山〉：

> 旅人心長久，憂憂自相接。
> 故鄉路遙遠，川陸不可涉。
> 汨汨莫與娛，發春托登躡。
> 歡願既無並，戚慮庶有協。
> 極目睞左闊，迴顧眺右狹。
> ⋯⋯⋯⋯⋯⋯

這首詩是作於謝靈運出任永嘉太守的第二年（西元 423 年）春天，詩的開頭敘說鄉愁，無以排遣，希望能藉出遊登躡，稍減心中的憂戚。並且直接用「左顧」、「右眺」的動作，開引以下石鼓山的景色。

　　如果以齊梁人的習慣來寫〈過始寧墅〉，他們會直接從「山行窮登頓，水涉盡迴沿」寫起；寫〈登上戍石鼓山〉從「極目睞左闊，回顧眺右狹」的動作切入，不會花這麼長的篇幅來絮叨自己的情緒。他們通常用二句的篇幅來寫游賞的緣由及動作，例如：

> 扶道覓陽春，相將共攜手。⋯⋯（沈約〈初春詩〉）
> 高軒瞰四野，臨牖眺襟帶。⋯⋯（謝朓〈後齋迴望詩〉）
> 蕪階踐昔徑，復想鳴琴遊。⋯⋯（蕭綱〈登琴台詩〉）
> 游人欲騁望，積步上高台。⋯⋯（王融〈登高台〉）
> 淒清臨晚景，疏索望寒階。⋯⋯（庾信〈晚秋〉）
> 鳳吹臨伊水，時駕出河梁。⋯⋯（徐陵〈新亭送別應令〉）

客行逢日暮，結纜晚洲中。……（陰鏗〈晚泊五洲〉）

同樣是登臨懷鄉的作品，陰鏗的〈如侯司空登樓望鄉〉就只用兩句「獲土臨霞觀，思歸想石門」來表達他的情緒及點出主題。這種轉變是因為齊梁以後的詩人在冶遊時所要表現的純粹是一種賞景尋趣的閑適之情，不像謝詩反復高吟擺落塵滓，歸心自然，其實有他背後的深意。

二、中間寫景的描繪

（一）謝靈運的寫景特色

寫景是山水詩不可缺少的一環，但是謝靈運與齊梁的山水詩卻因生活環境、游覽方式及取景視野的差異而各有不同的風貌。

從謝靈運的山水作品來看，他登臨游賞的範圍相當廣。除了在自己的莊園中閑游外，他的游蹤還遍及東南諸郡的名山大川。謝靈運是東晉世家大族之後，從父祖那兒繼承而來的莊園規模也相當宏大，從他的〈山居賦〉可以看出，他的莊園：「左湖右江，往渚還汀，面山背阜，東阻西傾。」園內不僅阡陌縱橫，而且有澗潭湖泊、山巒岡岭，山澤中動植物種類繁多。除了原有的東山莊園外，他又在南山重建新居，這裡「夾渠二田，周岭三苑，九泉別澗，五谷異巘。群峰參差出其間，連岫復陸成其坂。眾流溉灌以環近，諸堤擁抑以接遠。」在這連山帶湖的莊園裡，農田、果園、山林、澤被一應俱全。而在永嘉、臨川為太守時所涉及的地域更是廣大，東南山林丘壑的深秀、雄奇、險絕千變萬化的姿態全反映在他的詩裡。

就寫景的技巧而言，謝靈運山水詩的主要特點是舖敘詳盡，寫景面面俱到，仰察俯觀，寓目輒書。白居易的〈讀謝靈運詩〉就曾如此形容，說他「大必籠天海，細不遺草樹」，詩中表現的猶如一幅幅大尺幅式的山水圖畫。

謝靈運的寫景句子喜好用上下俯仰、左右眺顧的結構來羅列寓目所見的景物。這種俯仰周覽的觀景方式，是承受東晉人對宇宙觀照觀念的影響。如王羲之〈蘭亭敘〉中所言：「仰觀宇宙之大，俯察品類

之盛，所以游目聘懷，足以極視聽之娛，信可樂也。」，此外如慧遠
的〈廬山東林雜詩〉及王喬之、張野、劉程之的〈奉和慧遠游廬山詩〉
等也都從俯仰上下的角度寫出廬山變幻莫測的景致。舉謝靈運的詩例
來看，如：

　　…………
　　澗委水屢迷，林迴岩逾密。
　　眷西謂初月，顧東疑落日。
　　踐夕奄昏曙，蔽翳皆周悉。
　　…………。(〈登永嘉綠嶂山〉)

按：這裡雖然不用俯仰的字面，但表現的是在曲澗深林間不辨昏曙，
東西上下周悉遍覽的興味。

　　又如：

　　傾耳聆波瀾，舉目眺嶇嶔。(〈登池上樓〉)

　　極目眺左闊，回顧眺右狹。(〈登上戍石鼓山〉)

　　俯視喬木梢，仰聆大壑淙。(〈于南山往北山經湖中瞻眺〉)

　　俯濯石下潭，仰看條上猿。(〈石門新營所住四面高山迴溪石瀨修
　　竹茂林〉)

這種方式可以力求詳盡地描繪萬象萬物，而且按照上下左右的空間順
序排列，形成大全景式的基本構圖，但是這種寫法也容易造成為後人
所詬病的上句寫山，下句寫水的固定公式。

　　謝靈運山水詩在寫景技巧方面，另一個重要的特點是喜好以曲折
流轉的散點透視全面，一首詩中所展現的並不一定是在同一時間同一
地點所見之景。朝夕之際的風雲變化、陰晴開合；天地之間的山川泉
石、草蟲魚鳥，均被詩人組織成一個順應自然之道的和諧完整的境
界，構成詩人心靈中的宇宙空間。所表現的景物不是單一地點與視點
的景物，而是隨著詩人的腳步，按照詩人視覺接觸的先後次序逐一呈
露，並且將仰觀、俯瞰、近眺、遠望等多重視點所覽的各色物象，構
築成一個廣闊的山水世界。

　　爲表現出詩人身所盤桓，目所網繆的形形色色，謝靈運根據行蹤
展開重重景物的結構方式，表現出仰觀俯瞰所不能周悉的蔽翳之美。
按游覽順序充分表現他在山水中徒倚、徘徊、流連時所發現的大自然
生動的氣韻。如這首〈從斤竹澗越嶺溪行〉：

　　　　猿鳴誠知曙，谷幽光未顯。
　　　　岩下雲方合，花上露猶泫。
　　　　逶迤傍隈隩，迢遞陟陘峴。
　　　　過澗既厲急，登棧亦陵緬。
　　　　川渚屢徑復，乘流翫迴轉。
　　　　蘋萍泛沈深，菰蒲冒清淺。
　　　　企石挹飛泉，攀林摘葉卷。
　　　　……………

從這首詩我們可以很明顯的看出詩人在嶺上澗中上下繞行的動作，陟
嶺、過澗、登棧、乘流、企石、攀林，而詩人也一路鋪寫長距離山水
行程中所見的各種景物。

　　再如〈過始寧墅〉：
　　　　……………
　　　　山行窮登頓，水涉盡迴沿。
　　　　岩峭嶺稠疊，洲縈渚連綿。
　　　　白雲抱幽石，綠篠媚清漣。
　　　　葺宇臨迴江，築觀基曾嶺。
　　　　……………

在到始寧墅的路上，先山行，眼見周圍山嶺重疊，白雲環繞山岩幽石；
後涉水，所以看見洲渚曲折的狀貌，及綠篠與漣漪相映的清幽之趣。

　　又如〈石壁精舍還湖中作〉：
　　　　昏旦變氣候，山水含清輝。
　　　　清輝能娛人，游子憺忘歸。
　　　　山谷日尚早，入舟陽已微。
　　　　林壑斂暝色，雲霞收夕霏。
　　　　芰荷迭映蔚，蒲稗相因依。

　　披拂趨南徑，愉悅偃東扉。

這幾句是寫他一早出游前往石壁山的寺院，黃昏時游畢入湖，返回舊宅途中所見之景。表現山中變化多端的氣候，山水的清輝教人流連忘返。登舟之後在谷中遠眺暮色悄悄攏聚在林壑，天邊的雲霞也漸漸暗淡消失。登舟之後在舟上俯瞰湖中蔥鬱迭映的芰荷，以及菖蒲、稗草在晚風相互依偎的情景。然後棄舟登岸，拂開南徑的雜草循路回家。一幕幕的山水畫面，隨著詩人腳步的往前推移而變換。

　　謝靈運的山水詩以繁富著稱，與他這種「寓目輒書」，寫景上下左右遠近舖排詳瞻，及移步換形的創作方式有關。因為，多變的寫作技巧可以極盡描繪山水巉削奇險、豐富多變的姿貌。

（二）齊、梁以後新體寫景特色

　　從南齊永明年間開始，由於文學風氣的變革，謝靈運時代大山大水式的景物描寫即不多見，代之而起的是宮廷遊宴中尋常可見的風光。當春郊行馬、夏日納涼、秋日聽蟬、雪裡覓梅時日常生活中觸目可見的景物，如落花春草、風蝶雨燕、細筍輕苔皆可成為詩材。謝靈運的山水描寫，大都在「人境之外」，〔註12〕往往要劈林開路，不避跋涉，意在捕捉天然山水的幽奇自在之態。而齊梁詩人所注目的是「人境」內的物態，在宮廷官街中、道里上、集會時、分手之刻、酬和之際，即目隨處地寫當時所見之景。

　　這些出自宮廷文人集團的新體山水詩，其藝術特色主要表現在構思取境的爭奇鬥巧，他們擅於捕捉景物細緻的動態和情趣。例如寫動、植物瞬間的動態，蕭綱〈折楊柳詩〉:「葉密鳥飛礙，風輕花落遲。」從鳥飛花落的速度因受密葉輕風影響，而稍有所阻的細微的動態，表現出春日遲遲、風和景媚的情味。詩人觀察的眼光甚至落到「花留蛺蝶粉，竹翳蜻蜓珠」（〈晚日後堂〉）這種需要用放大鏡才能照見的景物上。齊梁之後這一類景物的描寫，真是連篇累牘、隨處可見，其他

〔註12〕語出王鍾陵《中國中古詩歌史》，頁631。

較有名的詩例如：

　　魚戲新荷動，鳥散餘花落。(謝朓〈遊東田〉)

　　香風蕊上發，好鳥葉間鳴。(謝朓〈送江兵曹檀主簿朱孝廉還上
　　國詩〉)

　　游魚亂水葉，輕燕逐風花。(何遜〈贈王左丞僧孺詩〉)

　　疏樹翻高葉，寒流聚細紋。(何遜〈九日侍宴〉)

　　落花輕未下，飛絲斷易飄。(陰鏗〈和登百花亭懷荊楚〉)

　　荷風驚浴鳥，橋影聚行魚。(庾信〈奉和山池〉)

　　黑米生孤葉，青花出稻苗。(庾信〈奉和太子納涼梧下應令〉)

齊梁以後詩人追求刻劃景物的細微工巧乃是一種普遍的風尚。且這種
細致的瞬間物態，往往被置於像「長墟上寒靄，曉樹沒歸霞」〔註13〕
這種大的背景下來描寫，這可以構築一個遠近相映的畫面，使得開闊
的空間中饒有細態；靜景之中別具動意，詩的語言精煉到僅透過四個
單一意象的描寫，就能表現悠長雋永的境界，這正是新體寫景最重要
的特色。〔註14〕

　　齊梁人細微的體察能力，和對於詩意提煉的簡淨程度，還反映在
他們對於光感的表現上。他們喜好從日星月辰、霜霧雲霞的角度上表
現出四季之中朝暮之間特定時刻的景色。這樣的寫景句也有不少：

　　日華川上動，風光草際浮。(謝朓〈和徐都曹出新亭渚〉)

　　餘霞散成綺，澄江靜如練。(謝朓〈晚登三山望京邑〉)

　　林密戶稍陰，草滋階欲暗。

　　風光蕊上輕，日色花中亂。(何遜〈酬范記室雲詩〉)

〔註13〕何遜〈贈王左丞僧孺詩〉整首詩為：「閣外鶯啼罷，園裡日光斜。游
　　　　魚亂水葉，輕燕逐風花。長墟上寒靄，曉樹沒歸霞。九華暮已隱，
　　　　抱鬱徒交加。」

〔註14〕閻采平《齊梁詩歌研究》在比較謝靈運與齊梁文人的寫景特色時，
　　　　有一段很好的概括性說法，他說：「謝靈運的山水詩，景物的整體感
　　　　較強，細部描寫不見突出。齊梁文人的創作則正好相反。『魚戲新荷
　　　　動，鳥散餘花落』是典型的齊梁之音」，頁136。

　　夜江霧裡闊，新月迴中明。(陰鏗〈五洲夜發〉)

　　帶天澄迴碧，映日動浮光。(陰鏗〈渡青草湖〉)

　　春光落雲葉，花影發晴枝。(張正見〈初春賦得池應教詩〉)

　　草長三舍合，花發四嶺明。(張正見〈賦得落落窮巷士詩〉)

光感的捕捉比一般有形的物態更抽象，可見齊梁以後詩人體物的細膩。透過某個特定場合光感的表達，不僅能準確表達出季節景候的特點，而且諸多物象在人們眼中錯綜複雜的關係，透過光感的描寫便能整體地呈現眼前。例如陳後主的「野雪明岩曲，山花照迴林」(〈獻歲立春光風見美泛舟玄圃各賦六韻詩〉)兩句，一個「明」字和一個「照」字，便將冬末春初岩曲與野雪、山花與迴林的關係整體鮮明的勾劃出來。

　　齊梁詩在寫作體裁短小的新體時，詩意提煉的簡淨程度，還可以從他們將時間跨度較大的景致放在一起的現象看出。謝靈運有一首以窗戶為畫框羅致外景的手法，是這樣寫的：〈田南樹園激流植援〉：

　　群木既羅戶，眾山亦對窗。靡迤趨下田，迢遞瞰高峰。

門窗猶如畫框將群木、坡田、高峰由近及遠有層次的安排在圖畫中。而謝朓也有一首具有異曲同工之妙的寫景句：〈郡內高齋閒望〉：

　　窗中列遠岫，庭際俯喬林。日出眾鳥散，山暝孤猿吟。

這兩首都是以四個句子來描寫從窗牖中所見的景物，然而相較之下，大謝的寫法在詩意安排上就比不上小謝的緊湊豐富。前兩句二者的描寫皆相同都寫遠岫、喬木；後兩句大謝的「高峰」語無新意，第二句已寫過山景，這裡顯得多餘了。而小謝則將不是在同一時間出現的鳥飛猿吟，以上、下句的方式凝聚到這一方天地中來，可見其對語言精省的程度。〔註15〕

〔註15〕同樣的詩例尚可見王融〈臨高台〉：「游人欲騁望，積步上高台。井蓮當夏吐，窗桂逐秋開。花飛低不入，鳥散遠時來。還看雲棟影，含月共徘徊。」夏蓮、秋桂並非同一時的景致，而是綜合不同時令所見的經驗，提煉成兩句表現。這是一個想像中的實景，詩人並不一定當下親眼看見，欲表達的是高台登望的整體感受。

三、結尾情志的抒寫

　　六朝文論家論詩歌的創作，一般都主張詩是感物緣情而生，如《文心雕龍‧明詩篇》所言：「人秉七情，應物斯感，感物吟志，莫非自然。」〔註16〕此時的人認為一首詩的產生必須經由感物→寫物→吟志三個步驟，因此一首完整的山水詩篇除了景物的描繪部份外，情志的抒寫也是不可少的。不過謝靈運與齊梁詩人因所處的文學環境不同，在情志抒發的內容及方式上也存在著差異。

　　謝靈運雖然是山水詩創作的代表人物，然而他的作品不僅僅止於大自然外貌的描繪，或是記敘遊覽賞景的過程而已。關於這點，白居易的〈讀謝靈運詩〉有很貼切的體會，說他「豈惟翫景物，亦欲攄心素。往往即事中，未能忘興諭。」在遊山覽勝之餘，總要抒情寫志一番，例如面對時序景物的變化，引發他對光陰易逝、年華易老的感慨：

　　　　……………

　　　　未厭青春好，已睹朱明移。
　　　　戚戚感物歎，星星白髮垂。
　　　　藥餌情所止，衰疾忽載斯。
　　　　逝將候秋水，息景偃舊崖。
　　　　我志誰與亮，賞心唯良知。（〈遊南亭〉）

或者大自然的美景往往可使人忘欲俗慮，使胸中的寂寞和鬱悶獲得安慰與寄託：如〈石壁精舍還湖中作〉：

　　　　昏旦變氣候，山水含清暉。
　　　　清暉能娛人，遊子憺忘歸。
　　　　…………………………

　　　　披拂趨南徑，愉悅偃東扉。
　　　　慮澹物自輕，意愜理無違。
　　　　寄言攝生客，試用此道推。

〔註16〕鍾嶸《詩品序》亦說：「氣之動物，物之感人，故搖蕩性情，形諸舞詠。……若乃春風春鳥，秋月秋蟬，夏雲暑雨，冬月祁寒，斯四時之感諸詩者也。」

又如〈登石門最高頂〉：

> ……………
>
> 沈冥豈別理，守道自不攜。
> 心契九重幹，目翫三春荑。
> 居常以待終，處順故安排。
> 惜無同懷客，共登青雲梯。

並且從文學史發展的角度看，出於晉代名門，歷仕晉宋兩代的謝靈運山水詩，還沒有擺脫玄言詩的影響，深山野澤及莊老的玄思，正是安頓詩人身心的所在，在他的山水詩中也反覆申述莊老的哲理：

> ……………
>
> 榮悴迭去來，窮通成休感。
> 未若長疏散，萬事恆抱樸。（〈過白岸亭〉）〔註17〕
>
> ……………
>
> 遭物悼遷斥，存期得要妙。
> 既秉上皇心，豈屑末代誚。
> 目睹嚴子瀨，想屬任公釣。
> 誰謂今古疏，異代可同調。（〈七里瀨〉）〔註18〕
>
> ……………
>
> 感往慮有復，理來情無存。
> 庶持乘日車，得以慰營魂。
> 匪為眾人說，冀與智者論。（〈石門新營所住四面高山回溪石瀨茂林修竹〉）〔註19〕

王鍾陵《中國中古詩歌史》對謝靈運詩的結尾有這樣的說詞：「其玄

〔註17〕語出《老子》第十九章：「見素抱樸，少私寡欲。」

〔註18〕「存期得要妙」是出自《老子》第四章：「湛兮似或存」和二十章「是謂要妙」從《老子》所提出的人生哲理尋求慰藉，說能湛然安靜便可以長存不亡。而任公釣的典故是出自《莊子·外物篇》。

〔註19〕「感物慮有復，理來情無存」是化用《老子》十六章：「萬物並作，吾以觀其復。」的典故。感慨時光流逝，萬物紛擾，然而終究要按規律回復到它們的本源，詩人希望以玄理來化感情，達到無知無欲的境界。《莊子·徐無鬼》有：「乘日之車，而游於襄城之野。」來說。

言成份割裂了情景關係……，謂之爲拖上一條玄言的尾巴。」（頁
255）而學者也這樣看待他的山水詩，認爲是「山水方滋，而莊老未
退」〔註20〕晉宋詩人寫山水詩，通常在注意於如何處理人和大自然
的關係，就謝靈運的主觀目的來看，縱情於山水是爲了化解心中的
鬱結，因此情理的感悟有時甚至比模山範水來得重要。〔註21〕這種
現象還可以從有些詩篇情理的抒寫甚至超越寫景句窺知。例如：

詩　　名	寫景句數	情理句數
富春渚詩	6	10
七里瀨詩	4	10
遊南亭詩	6	10
郡東山望溟海詩	4	6

　　拿謝靈運的山水詩同齊梁以後的山水風景詩相比，發現齊梁詩人
的寫作興趣顯然有所改變。他們雖然仍注重體物寫物的工夫，但對「感
物吟志」這部份似乎缺乏努力的興趣。這個轉變或許是因爲齊梁以後，
帝王世族文人的生活日益奢靡，生命層面日趨狹隘，對人生的感受多
追求聲色之娛，故而缺少深思沈潛之作。即使縱身在雄偉遼闊的大自
然中，也不能觸發深沈的感情與生命的感悟。例如蕭綱〈玩漢水〉詩：

　　　雜色昆崙水，泓澄龍首渠。
　　　豈若茲川麗，清流疾且徐。
　　　離離細磧淨，藹藹樹蔭疏。
　　　石衣隨溜卷，水芝扶浪舒。
　　　連翩瀉去檝，鏡沏倒遙墟。
　　　聊持點纓上，于是察川魚。

〔註20〕語出葛曉音〈山水方滋・莊老未退〉，《學術月刊》，1985 第二期。林
　　　　文月論〈中國山水詩的特質〉一文也持如是意見。
〔註21〕王夫之曰：「謝靈運一意回旋往復，以盡思理。」（《薑齋詩話》卷一，
　　　　戴鴻森箋注，木鐸，1982 年 4 月，頁 30）。沈德潛評謝靈運詩云：「匠
　　　　心獨造，少規往則，鈎深極微，而漸近自然。流覽閒適中，時時決
　　　　恰理趣。」（《說詩晬語》，見於《清詩話》，木鐸，頁 532）。

一個個景點細細寫來，景是清麗明媚之景，情則是一派悠游從容，這也是新體詩最普遍的結尾寫法，無論情志如何洶湧跌宕，也只是以兩句作結，如：

> 艅艎何泛泛，空水共悠悠。
> 陰霞生遠岫，陽景逐回流。
> 蟬噪林逾靜，鳥鳴山更幽。
> 此地動歸念，長年悲倦游。（王籍〈入若耶溪〉）

> 重波淪且直，連山糾復紛。
> 鳥飛不復見，風聲猶可聞。
> 朧朧樹裡月，飄飄水上雲。
> 長安遠如此，無緣得報君。（吳均〈至湘洲望南岳〉）

有些詩甚至只有景物的舖排而已：如庾信〈晚秋詩〉：

> 淒清臨晚景，疏索望寒階。
> 溼庭凝墜露，摶風卷落槐。
> 日氣斜還冷，雲峰晚更霾。
> 可憐數行雁，點點遠空非。

這首「晚秋」是作者晚年心境的寫照，但詩人將他悲涼的心緒完全融入秋天蕭索淒涼的景致中，沒有直接說出。

　　謝靈運山水詩中的玄言，與他仍保持東晉士族的生活習尚和思維方式有關。而在齊梁之後，詩人所重視的是日常生活中的閒情閒趣，在詩歌中談玄說理的現象便幾乎絕跡了。

第四節　謝朓山水長篇及短篇章法內容比較

　　詩歌題裁由古體向近體的轉化，開始於南齊永明年間。此時的王公貴族熱心延攬文人，其中尤以圍繞著竟陵王蕭子良為中心的「竟陵八友」最富盛名。謝朓即是其中之一，因此也經歷了當時貴游文學集團特有的文化活動內容，如在文學創作方面講究聲韻、比賽隸事、較量學問高低等，當然也創作了不少具格律詩雛型精緻短巧的新體詩。在山水題材的詩作中，謝朓有幾首登臨游賞的作品，被認為酷似大

謝，然而也有不少以八至十二句的篇幅寫成的新體短篇。下文筆者將以同一作家（以謝朓爲例），同一題材（山水）的作品來比較，當能更清楚長篇縮短時，在章法結構上的變化痕跡。

謝朓模仿謝靈運的山水之作，被認爲在「繁」與「難」兩方面最能得其神髓。「難」是指詩中好用艱澀冷僻的字眼來形容大自然雄偉險怪的景觀，這是屬於修辭的問題，在此不談。而幾首登臨游賞的長篇，其寫作技巧，卻令人恍若見及謝靈詩：例如〈游山詩〉：

〔註22〕

> 幸蒞山水都，復值清冬緬。
> 凌崖必千仞，尋溪將萬轉。
> 堅崿既峻嶒，迴流復宛澶。
> 杳杳雲竇深，淵淵石溜淺。
> 傍眺郁篁籌，還望森舟梗。
> 荒隩被蒇莎，崩壁帶苔蘚。
> 鼵穴叫層嵬，鷗鳧戲沙衍。
> ……………

隨登山涉水的遊蹤詳細舖寫傍眺回顧所見之景，並且上句寫山景，下句寫水景的公式也得之於大謝。山林中的層崖、雲霧、怪石、迴流、石溜、動物、植物，其堆砌景物密實的程度比之謝靈運有過之而無不及。但是反觀他以十二句以下的短篇寫作的新體，對於景致的描寫，就不一樣了。如〈宣城出新林浦向板橋〉（共十二句）：

> 江路西南永，歸流東北騖。
> 天際視歸舟，雲中辨江樹。
> ……………

在整個行程中，作者只著重在江景，而所選擇的景物也全集中在單一視線（遠眺）的範圍內，淡淡地勾勒出流水、歸舟、江樹的輪廓。同樣的情形，如〈高齋視事〉（十二句）：

〔註22〕相同詩例尚有〈游敬亭山詩〉、〈和劉中書繪入琵琶峽望積有磯詩〉、〈將遊湘水尋句詩〉等。

　　　　餘雪映青山，寒霧開白日。
　　　　曖曖江村見，離離海樹出。
　　　　……………

謝朓以平遠的視角，只描寫四樣景物，即殘雪映照下的青山，寒霧籠
罩中的白日，江邊隱隱約約的江村、樹影，構成一幅曠遠疏淡的江村
多景圖。這也是一幅大景，然而詩中卻沒有堆砌大量眼、耳所及的實
物。這就是他新體短詩的寫景特點，將景物化繁為簡，以簡約的意象
塑造廣大無垠的空間。

　　以上二例是以同一時間、地點的寫景方式來比較，如果同是一段
時間的旅遊經歷，那麼長篇和新體又有何差別呢？試以下兩例比較之：

　　　　茲山互百里，合沓與雲齊。
　　　　隱淪既已托，靈異居然棲。
　　　　上干蔽白日，下屬帶迴溪。
　　　　交藤荒且蔓，樛枝聳復低。
　　　　獨鶴方朝唳，飢鼯此夜啼。
　　　　渫雲已漫漫，夕雨亦淒淒。
　　　　我行雖紆組，兼得遊幽蹊。
　　　　……………　（〈游敬亭山〉）

從詩中到獨鶴朝唳到飢鼯夜啼，可知作者遊山已整整一天了。在這
一天的游賞之中，作者以五～十二句（八句）具體描繪出敬亭山的
山光水色。五、六句上、下的對比開展一個最大的空間，然後以下
六句繼而在這廣大的空間，填上實物，有藤蔓交錯，有樛枝盤結，
有獨鶴朝露而唳，飢鼯夜出以啼；天空時有淡雲舒卷，時而夕雨淒
淒，詩人將不是同一時間的視覺、聽覺所及的景物，紛紜堆疊出山
中特有的物象。

　　謝朓的這首〈游東田〉也是一首記遊詩：

　　　　戚戚苦無悰，攜手共行樂。
　　　　尋雲陟累榭，隨山望菌閣。
　　　　遠樹曖阡阡，生煙紛漠漠。

魚戲新荷動，鳥散餘花落。

不對芳春酒，還望青山郭。

首聯的「戚戚苦無悰，攜手共行樂」，先提出詩人出游的動機，爲了排憂與遣懷。末聯「不對芳春酒，還望青山郭」表達游山歸來後戀戀不捨之情。這一出一回之間，必有一段不算短的遊賞時間，詩人如何取擇沿路耳目所接觸的景物呢？在這首十句的新體詩中，詩人發揮他剪裁佈景的功力，事實上詩人的腳步一直在移動，一步步登上重臺累榭，才能「隨山望菌閣」，但是詩人寫出來的景物，並不會令人感覺到這種移步換形的流動感。詩人先刻劃出大景、遠景——遠遠望去，遠方有綠樹隱約在輕煙白雲間；下一聯運用對比，刻劃極細緻微小的景物，魚兒在水間嬉戲觸動新荷，鳥兒從枝上飛起摧折了落英。這一遠一近，一大一細的景物描寫方式，就能構築出一個具有立體感的畫面。那麼，又何需長篇累牘的去刻劃呢？

同樣的詩例還可見〈和徐都曹勉昧旦出新渚〉：

宛洛佳遨游，春色滿星洲。

結軫青郊路，迴瞰蒼江流。

日華川上動，風光草際浮。

桃李成蹊徑，桑榆蔭道周。

東都已俶載，言歸望綠疇。

這是一首寫謝朓和他的朋友徐勉在一個春色宜人的清晨連袂出游的詩。從「宛洛佳遨游」到「言歸望綠疇」之間應是寫這次旅遊的歷程，可能是一上午的時間。而在這麼長的遊程中，詩人只用四個句子，四個景致來表達時間及腳步的流轉推移。五、六句是寫詩人在天色微明中駐立在蒼江邊，迴瞰江上的景致，初上的陽光照射在川上，造成粼粼的波光，而江邊的小草也在晨光迎風搖曳。這是一個遠景，也是一個很細膩的景致。下一聯很顯然可以看出詩人已離開江邊，而進入樹林。由桑榆蔭道的樹影，可知日頭又升高了。這是一個近景，也是一個粗略的大景。謝朓僅用兩個對偶句，寫作技法運用遠（細）、近（大）

對比的方式，就將時間及空間的距離拉開了，新體詩對景物描寫的簡
煉由此可見一斑。

　　這兩首以新體寫作的記遊詩，無論是章法結構的安排，或寫作
技巧的凝煉，都足以作為齊梁之後表現新體詩特色的典範。它們既
符合傳統山水詩層次井然的三部式章法，但是在每一部分卻可看見
其明顯的變化。第一部分通常只以兩句簡單說明出游的時間、地點
或動機，接下來以四～六句的篇幅敘景，最後兩句歸結到詩人身上，
以回望的動作表示遊覽結束。雖然沒有舖敘自己的情志，但是詩人
對山林的眷戀之情卻猶然可見，這種含不盡之意於言外的結尾方
式，也是新體的特色之一。以下再舉兩例謝朓以古體寫作的結尾就
可見出二者的差別：

　　………………

　　去矣方滯淫，懷哉罷歡宴。

　　佳期悵何許，淚下如流霰。

　　有情知望鄉，誰能鬒不變。（〈晚登三山還望京邑〉）

　　………………

　　觸目聊自觀，即趣成已展。

　　經目惜所遇，前路欣方踐。

　　無言蕙草歇，留垣方可寨。

　　尚子時未歸，邴生思自免。

　　永志昔所欽，勝跡今能選。

　　寄言賞心客，得性良為善。（〈游山詩〉）

上一首以六句來寫自己對京城的依戀之情，想到此去還鄉無期，淚珠便
潸然而下，這些情緒都是因為詩人對於故鄉有一份濃厚的真情。下一首
則以十二句來舖寫山林之趣令人留連，並且悟出「寄言賞心客，得性良
為善」的理趣，更是明顯模仿自謝靈運的結尾模式。謝朓的山水詩雖然
仍有像這般模仿自謝靈運的長篇，但是在結尾闡述玄理的比例已少得多
了。根據林文月對謝靈運、鮑照、謝朓三家山水詩中寓有玄理的數目統
計：謝靈運佔三分之二，鮑照佔二分之一，到了謝朓只占了三分之一，

這說明了「莊老」逐漸從「山水」中告退的趨勢。〔註23〕這也是詩歌體裁，由古體到新體，在結尾的寫作上最大的變化。

　　總結以上所論：景物描繪及情志抒寫是謝靈運山水詩的主要內容，景既要寫得「鉤深極微」，理又要說得明白透徹，鍾嶸《詩品序》評論他的詩云：「寓目輒書，內無乏思，外無遺物，其繁富，宜哉！」〔註24〕記遊、寫景、說理不可缺少的結構內容，使得他的山水旅遊詩層層沓沓，曲盡形容，讀來宛如簡短的山水遊記。而齊梁後詩人生活面往往局限於宮廷池苑，寫作題材極細小瑣碎，較適宜用短小篇幅來表現。再則，說理既非他們所愛，寫景又習慣用簡約精煉的意象來包蘊不見於文字的萬趣萬境，省略古體詩中回環往復、淋漓盡致的議論和感慨，因此，詩歌篇幅的縮短似乎是必然的趨勢了。

第五節　從章法結構的安排比較律前八句及十句式之優劣

　　詩歌體裁由古變律的關鍵在於齊、梁，齊梁詩因此被視為一種「新變體」。而「新變體」的特色，主要有以下幾方面：一、講究聲律，沈約等人提出四聲八病的主張，並將之運用於文學上，因而對詩歌聲律的要求日趨嚴密。(此部份下一章有較詳細的論述)二、從寫作題材看，詠物及宮體(狹義)詩接續山水詩成為當時詩歌的主流，〔註25〕宮廷文學活動盛行的結果，使大家的眼光侷限於歌詠身

〔註23〕參考林文月〈中國山水詩的特質〉，頁141～142。
〔註24〕引文見鍾嶸《詩品》，汪中選注，台北：正中，1990，頁112。
〔註25〕王國瓔：「詠物詩是山水詩盛行下的必然產物」因為「寫水山詩時『儷采百字之偶，爭價一字之奇』，目的就在於『極貌寫物』；而詩人在對於山水景物精密細銳的觀察中，自然會專注於山水中的一草一木、一禽一歌，並且對它們的狀貌情態發生了興趣，進而另拓新境，開始以這些自然界的個別物體作為寫詩的對象。…而『宮體詩』還是屬於『詠物』的範圍，只是以人代物而已。」(見《中國山水詩研究》〈第三章山水與宮廷遊宴同調〉台北：聯經，1986，頁220～221)。

邊的人事景物，如宮女、歌妓、舞娘；庭園中可見的山池樹木、蟲魚鳥獸；堂屋中陳列的珍玩器物；樂人演奏的絲竹簫管等。三、從寫作技巧看，廣泛的形容則是「緝裁巧密」，〔註26〕而其實質的意義則是包括辭藻的翻新出奇，句法結構的靈動多變，以及刻劃的精煉入微，與這些巧密的技法相契合的則是體製的縮短，而這也是齊梁新體詩最明顯的變化。根據察齊、梁、陳、隋詩人寫詠物或宮體題材時，較常用的體制的六句、八句、十句及十二句式：

	宋	齊	梁	北魏	北齊	北周	陳	隋	初唐
六 句	18	2	134	1	2	6	25	11	122
八 句	55	74	507	13	32	83	277	79	1388
十 句	36	44	294	2	5	48	49	30	130
十二句	31	22	120	1	7	26	36	22	334
十四句	41	9	71	1	2	21	19	9	64
十六句	37	5	50	0	3	10	8	30	150
十八句	28	4	38	1	1	7	3	1	44
二十句	42	8	61	1	3	13	9	20	163
五言詩總數	418	233	1761	46	73	285	490	275	2880
存詩總數	500	260	1946	62	79	326	541	294	3423

　　但是由上表很明顯的可以看出，還是以八句式的使用最為普遍。然而十句式數量之多也是令人不可忽視，尤其是梁代有近三百首的新體詩是以十句式寫成的。因此本節將從八句及十句式在章法安排上的特色，分析八句式最後被定型的原因。

　　在第二節中我們分析謝靈運的山水詩時歸納出一個三部式的章法安排模式，即背景→景象→反應，齊梁的新變體雖然篇幅縮短了，但是大部份的詩仍是以這樣的模式來創作的。例如：

〔註26〕語出《陳書·徐陵傳》：「其文頗變舊體，緝裁巧密，多有新意。」

（一）六句詩

細雨階前入，灑砌復沾帷。

漬花枝覺重，溼鳥翻飛遲。

倘令斜日照，并欲似游絲。（蕭綱〈賦得入階雨〉）

按：這首詩是要寫入階的細雨，開頭兩句直接說出主題。中間兩句以對偶的方式選用室外的兩個景象；花枝的低垂與溼鳥的遲飛，進一步形容主題——雨中即景。最後兩句離開室外的景物，回到作者的想像：這細雨如果在夕陽的照射下，必定可以看見像游絲一般的飄飛。

（二）八句詩

旅心已多恨，春至尚離群。

翠枝結斜影，綠水散圓文。

戲魚兩相顧，游鳥半藏雲。

何時不惆悵，是日最思君。（王僧孺〈春日寄鄉友〉）

按：首二句：「旅心」、「恨」、「春」字點出主題，表達春天到來，自己卻羈旅在外，懷鄉思友的情緒。三至六句描繪春日的景象。最後兩句，說明景物描寫的意義，直敘自己思念的心聲。

（三）十句詩

倡女多艷色，入選盡華年。

舉腕嫌衫重，迴腰覺態妍。

情繞陽春吹，影逐相思絃。

履度開裙裾，襲轉匝花鈿。

所想餘曲罷，為欲在君前。（劉遵〈應令詠舞〉）

按：首二句，告訴我們這是要寫一個年輕貌美的舞女；接著用三個對偶句子從各個角度形容曼妙的舞姿；最後兩句是作者為舞女的心情下的推論。

（四）十二句詩

尋思萬戶侯，中夜忽然愁。

琴聲遍屋裡，書卷滿床頭。

　　雖言夢蝴蝶，定自非莊周。

　　殘月如初月，新秋似舊秋。

　　露泣連珠下，螢飄碎火流。

　　樂天乃知命，何時不能憂。（庾信〈擬詠懷〉二十七首之十八）

按：開頭兩句，先刻劃出一個因屈仕北朝，而壯志成灰憂失眠的詩人形象。接著三至十句是一種並列的結構，通常是景物的羅列。這裡較特別的是第五、六句「雖言夢蝴蝶，定自非莊周」，雖然不是寫景句，然而它的用途也是用來形容詩人，說他雖然也經過莊周夢蝶這樣的人生變故，卻不像莊周那樣的豁達適志。書卷、殘月、露珠、飄螢是「外景」，那麼我們不妨稱這兩句為「身景」。最後兩句在詩人的哀嘆中結束。

　　由以上的詩例可知齊梁之後，不論是在宮體、詠物還是其他主題，六至十二句的新體詩以三部式的結構模式創作，是一種相當普遍的寫作方法。因為在宮廷文學活動盛行的時代裡，群體創作的結果往往容易產生風貌相似的作品。當他們在運思綢繆之際，自然遵循某種固定的詩意安排方式。到了初唐，成熟的律詩也依然保留這樣的結構，只不過在優秀的詩人手中得到更複雜的運用，使它的各部分逐漸融合成和諧統一的藝術整體，不會令人再有情景割裂，千篇一律的感覺。

　　既然三部式是一種被大家同而完整的章法結構，那麼在這個框框的限制下，很容易就能看出各種句式的優劣來。以六句詩為例，如前引的蕭綱〈賦得入階雨〉，在講究逼真而細膩地描摹體形貌的文學觀念下，六句的篇幅顯然過於簡短，中間景象的發揮部分只能用一聯來陳述。對於齊梁人而言，可能感覺束手束腳，未能盡情展現才華。又如果寫像蕭繹〈晚景游後園〉這樣的六句詩：

　　高軒聊騁望，煥景入川梁。

　　波橫山渡影，雨罷葉生光。

　　日移花色異，風散水紋長。

以兩聯對偶句羅列景物，又予人沒有結尾的感覺，於是六句式在律化

的過程中首先被淘汰。

再言十句詩，齊梁十句詩創作數量之多，與當時盛行的詠物及宮體題材有很大的關聯。在篇幅上十句式比八句式更能發揮「巧構形似」的寫實精神，茲舉數例詩如下：

> 窗前一叢竹，青翠獨言奇。
> 南條交北葉，新筍雜故枝。
> 月光疏已密，風來起復垂。
> 青扈飛不礙，黃口得相窺。
> 但恨從風籜，根株長別離。（謝朓〈詠竹詩〉）

> 白水滿春塘，旅雁每迴翔。
> 唼流牽弱藻，斂翮帶餘霜。
> 群浮動輕浪，單汎逐孤光。
> 懸飛竟不下，亂起未成行。
> 刷羽同搖蕩，一舉還故鄉。（沈約〈詠湖中雁〉）

> 北窗聊就枕，南簷日未斜。
> 攀鉤落綺障，插捩舉琵琶。
> 夢笑開嬌靨，眠鬟壓落花。
> 簟文生玉腕，香汗浸紅紗。
> 夫婿恆相伴，莫誤是倡家。（蕭綱〈詠內人畫眠〉）

對於詠物詩的寫作方式，劉漢初曾有如下的評論，他說：「從多角度去觀察其外貌形態，或從各種歷史淵源中尋求足夠的聯想資料，然後構築爲一首主要呈現客觀物貌，而缺乏作者個人情志投入的詩篇。」〔註27〕詠物詩人以冷靜客觀的態度去處理他們所要描寫的對象，少有個人情志的深入，於是中間景象的描寫即成了主體。除了首聯提出所要歌詠的物體，尾聯做一討論，中間足足有三聯可以用來曲盡物體形貌，令人如睹實物。而以這種方式來寫人，就成了宮體詩，可從衣飾、化妝、四肢、表情、動物等各角度去刻劃美人的形象。因此在詩意的

〔註27〕參見劉漢初《六朝詩發展述論》，1983 年 5 月，台大中文所博士論文，頁 275。

層屬上並沒有什麼差別，可說是一種並列式的結構，往往用對偶句來表現。由於客體及詠物描寫的對象固定，這樣的寫作方式可以增加物體的真實感，使人如見其物，如睹其人。但是若以相同的態度來寫較廣大的空間時，就顯得跳躍鬆散，焦點無法集中了，如蕭綱〈和湘東王首夏〉

冷風雜細雨，垂雲助麥涼。
竹水俱蔥翠，花蝶雨飛翔。
厭泥銜復落，鶗吟斂更揚。
臥石藤為纜，山橋樹作梁。
欲待華池上，明月吐清光。

前四聯以工整的對仗來寫景物，但是每個景物間的關聯又是什麼呢？我們說王訓〈應令詠舞〉的「傾腰逐韻管，斂袵聽張絃。袖輕風易入，釵重步難前。笑態千金重，衣香十里傳。」很清楚的，都歸結於同一目的就是形容美人的妙舞如仙。但是蕭綱這首〈和湘東王首夏〉中所寫的景物如冷風、細雨、垂雲、竹水、花蝶、燕泥、鶗吟、臥石、山橋、藤、樹，並不見得令人感覺是在寫夏景。而詩人這天所見的夏景也不一定要選擇這些景物入詩，可見這些景物只是詩人隨機的取樣，彼此間並沒有呼應的關係，散點式的存在詩人所處的空間，當然也就沒辦法塑造出一個完整的意境。

再舉一篇名家名作庾信〈奉和山池〉來看，也是具有相同的缺點：

樂官多暇豫，望苑暫迴輿。
鳴笳陵絕浪，飛蓋歷通渠。
桂亭花未落，桐門葉半疏。
荷風驚浴鳥，橋影聚行魚。
日落含山氣，雲歸帶雨餘。

首聯像一般的宮廷游宴詩一樣，寫山池之遊的起程。接下來的四聯對偶句，則細寫遊覽所見之景，也是各種精美景象的平行排列，其間缺乏內在聯繫，因此即使任意拿走任何一聯，對整首詩的詩意傳達而言也不會有任何影響。以十句式所寫的宮體或詠物詩，若把中間堆砌景

物的三聯中，任意去掉一聯，並不會影響整首詩基本章法結構的完整，並且省略中間場景的描述也不會動搖詩人主題的表達。那麼就結構組織而言，十句式實還有可濃縮的空間。〔註28〕

在三部式的章法安排模式中，八句式前後兩聯敘事、抒情，中間兩聯寫景或進一步申論，就分配比例而言，可說是既均衡又穩定的結構。齊、梁詩中不乏章法結構成熟完美的作品，如謝朓〈與江水曹至干濱戲〉

　　　山中上芳月，故人清樽賞。
　　　遠山翠百重，回水映千丈。
　　　花枝聚如雪，蕪絲散猶網。
　　　別後能相思，何嗟異封壤。

首聯點出作者與江水曹兩人遊玩的時間、地點，中間四句則寫玩賞所見的景致，這是齊、梁山水詩標準的章法安排方式。然而四句的篇幅又不能容納許多的自然景物，應該選擇那些景點呢？作者自有一套裁剪的技法。這兩聯寫景句處處顯現出對比的關係，在景物的選擇上山對水，花對草，一句一景，兩句一對。不但句與句間對偶，聯與聯間也存在著相對的關係。如上一聯寫遠眺的景：重巒疊翠、回流縈繞；下一聯就寫近觀的景：花團錦簇、細草蔓延；上一聯寫大景：遠山百重、回水千丈；下一聯就寫細景；花枝如雪、蕪絲猶網。作者並不需要羅列繁複的自然景物，運用這種層次分明的對偶，即能製造空間的立體感，也能表現一幅在月光籠罩下柔美靜謐的山中夜景。最後兩句則回到作者，說出他的心願，而表現出對故人眷戀不捨的情誼，也與山重水回，花草聚散的景象相稱。所以齊梁新體詩篇幅的長短，往往與中間景象的寫作原則有關。除了「巧構形似」，曲盡形貌的寫作方式外，齊、梁人也領略到了「對比」的美感。這對比的觀念以各種形態出現，如大小、遠近、高低、動靜等方式結合，造成相輔相成，互不可缺的關係。

〔註28〕十句式的缺點也正是十二句式的缺點，在此也就不討論十二句式了。

不妨再看一例：何遜〈日夕富陽浦口和朗公〉：

> 客心愁日暮，徒倚空望歸。
> 山煙涵樹色，江水映霞暉。
> 獨鶴凌空逝，雙鳧出浪飛。
> 故鄉千餘里，茲夕寒無衣。

首聯是背景交待，日落時分一個作客他鄉的遊子在江邊流連徘徊，歸心似箭地空望著江景，「望」字則引起下面景致的描寫。「山煙涵樹色，江水映霞暉」及「獨鶴凌空逝，雙鳧出浪飛」各是高、低景點的對比，而兩聯之間的關係則是一寫靜態景，一寫動態景，空闊的江景及獨鶴的形單影隻、雙鳧的相親，引發詩人離鄉千里，孤獨無依的身世之感。整首詩成一渾然的整體。杜甫說：「頗學陰何苦用心」〔註29〕對於講究律詩章法的杜甫而言，何遜這種結構嚴整的詩，是可學習的。唐人成熟的五言律詩也處處可見受這種結構模式的影響，例如沈佺期〈游少林寺〉：

> 長歌遊寶地，徒倚對珠林。
> 雁塔風雙古，龍池歲月深。
> 紺園澄夕霽，碧殿下秋陰。
> 歸路煙霞晚，山蟬處處吟。

「寶地」、「珠林」都是佛寺的代稱，首聯直接寫出「遊少林寺」的主題。而在景點的選擇上，詩人注意的是要表現出深山古刹的特色，所以詩人以雁塔、龍池強調少林寺在時間長河中的古老，下一聯則以紺園、碧殿描繪出當下的景色。尾聯雖然寫景的成分較濃，但是「歸」字暗示我們這次遊程的結束，也與上兩句純粹描寫少林寺的景物有區隔。

　　八句式這種在章法上具有緊密聯繫、彼此呼應關係的結構，在藝術表現手法上，無疑地比散珠式的羅列細碎景物的詩篇來得優異，於是成了律詩結構的標準模式。十句式或十二句式可能流於結構鬆散、

〔註29〕杜甫〈解悶十二首〉之五：「陶冶性靈存底物，新詩改罷自長吟。熟知二謝將能事，頗學陰何苦用心。」

沒有焦點的弊病，而八句式的長度則恰好可以符合一個均衡穩固的章法安排方式。相較之下，八句式成了最合適的「容積」被愈來愈多的人接受，自是可理解的了。

第四章　南北朝至初唐五言八句式律調之演進

第一節　前　言

　　聲律的問題是律詩研究中最重要的一環，「律詩」名稱的由來，也是因爲當時文學發展的主要著眼點在於聲律的問題上。本章的重點在於實際整理歸納南北朝至初唐各階段五言八句詩律調的運用情形，並與當時提出的聲律說相互驗證，檢討理論與實踐之間的關係。

　　談到五言律詩的聲調，王力《漢語詩律學》是近人研究詩歌聲律的經典之作，他提出五律雖有八句，每一句的平仄變化，不出於下列四種形式：

　　a式：｜｜－－｜
　　A式：｜｜｜－－
　　b式：－－－｜｜
　　B式：－－｜｜－

組合時必須堅守「黏」、「對」〔註1〕的原則，以此作爲區分「律詩」

〔註 1〕 王力說：「出句如系仄頭，對句必須是平頭；出句如系平頭，對句必
　　　　須是仄頭，這叫做『對』。上一聯的對句如系平頭，下一聯的出句必
　　　　須也是平頭；上一聯的句如系仄頭，下一聯的出句必須也是仄頭，

與「非律詩」的標準。他說「近體詩」與「古體詩」的界限是相當清楚的,「近體詩」的主要條件就是它那嚴格的平仄規律。(王力《漢語詩律學》,頁 49) 事實上,這也是明、清以來對於律詩聲律的概念,如王世貞云:「律爲音律法律,天下無嚴於是者,知虛實平仄不得任情而度,明矣。」〔註 2〕錢木菴《唐音審體》也說:「律者,六律也,謂其聲之協律也,如用兵之紀律,用刑之法律,嚴不可犯也。」〔註 3〕

如果實際將唐人的五律作品拿來作平仄分析,將會發現,他們並不完全按照所謂的「嚴格律句」來創作,舉例而言,「晚節漸於詩律細」講究聲律的杜甫〈不見〉〔註 4〕詩:

　　不見李生久,佯狂眞可哀。世人皆欲殺,吾意獨憐才。

　　敏捷詩千百,飄零酒一杯。匡山讀書處,頭白好歸來。

其中「李」、「眞」、「世」、「吾」、「讀」、「書」、「頭」等字就不合於王力嚴格律句的要求。又如李白的五律〈夜泊牛渚懷古〉:〔註 5〕

　　牛渚西江月,青天無片雲。登舟望秋月,空憶謝將軍。

　　余亦能高詠,斯人不可聞。明朝挂帆席,楓葉落紛紛。

其中「青天無片雲」、「登舟望秋月」、「明朝挂帆席」三句是「拗句」。我們想知道的是這些規則是何時形成的?其發展過程又是如何?爲了解答上述疑問,本章透過實際的分析歸納,觀察律調初萌至成熟的發展過程,希望能對律調形成的過程有較清楚的認識。本章的作法是選擇南北朝至初唐各階段具有影響力與化表性的作家:

　　一、南北朝時期:謝靈運、鮑照、沈約、謝朓、吳均、蕭綱、蕭
　　　　繹、庾肩吾、庾信、徐陵

　　　　這叫做『黏』。」(參《王力文集》第十四卷《漢語詩律學》(上),
　　　　山東教育出版社,,1989 年 11 月,頁 86)。
〔註 2〕王世貞《藝苑巵言》卷四,見《歷代詩話續編》,木鐸,頁 1004。
〔註 3〕見《清詩話》,木鐸,1988 年 9 月,頁 781。
〔註 4〕見《杜詩鏡銓》,天工出版社,1988 年 9 月,頁 373。
〔註 5〕見《李白集校注》卷二十二,台北:里仁,1981 年 3 月,頁 1314。

二、初唐時期：唐太宗、上官儀、盧照鄰、楊炯、王勃、駱賓王、
　　　李嶠、杜審言、宋之問、沈佺期、陳子昂

將這些人的五言八句詩逐一標示平仄，並歸納觀察其結果。作品的來源仍然是依據逯欽立輯校的《先秦漢魏晉南北朝詩》以及《全唐詩》。而平仄標示則依據《廣韻》。

第二節　南北朝至初唐聲律說發展

在對實際作品進行律調分析之前，我們必須先了解此時期對詩歌聲律問題的討論，這有助於我們了解近體律調形成的理論背景，並且可與三、四節作品的律調分析結果相互印證。

我國詩歌講究音韻是其來有自的，因為上古時期詩歌、音樂、舞蹈三者經常是分不開的。《尚書·堯典》中有這麼一段記載：「帝曰：『夔！命女典樂，教胄子。…詩言志，歌永言，聲依永，律和聲，八音克諧，無相奪倫，神人以和。』夔曰：『於！予擊石附石，百獸率舞。』」可見歌辭（詩）必須配合音樂、韻律才能達到和諧一致的美感。在這樣的條件下，詩歌語言本身就要配合音樂的要求，講究抑揚高下、一唱三嘆，儘管後來詩、樂分途，仍然保留這種特質，利用語言本身的音調、節奏來表現音樂美。〔註6〕

雖然對詩歌聲律的要求很早就開始了，但大規模及深入的探討，則盛於南北朝齊、梁時期。關於齊、梁的聲律理論，《南史·陸厥傳》有一則簡要的記載：

> 永明末，盛為文章，吳興沈約，陳郡謝脁，瑯琊王融，以氣類相推。汝南周顒善識聲韻，為文皆用宮商，以平上去入為四聲。以此制韻，有平頭、上尾、蜂腰、鶴膝。五字之中，音韻悉異，兩句之內，角徵不同，不可增減，世呼為永明體。

這段話道出了齊、梁聲律說的重點所在，及在詩歌創作運用上的基本

〔註 6〕詩與樂的關係也可從古代詩人喜歡把音樂上的宮商角徵羽等音調差異，運用來解說或要求詩的語言現象看出。

原則，可解析爲以下三部份來了解：

> 一、齊、梁聲律說以「四聲」的提出最重要，那麼當時提出「四
> 聲」說的人物與時代背景又是如何呢？
>
> 二、是更進一步的討論「四聲」的內涵意義，及釐清「四聲」與
> 宮、商、角、徵、羽「五音」的糾葛。
>
> 三、我們將涉及聲律說實際運用在詩歌創作中的兩種現象，
> （一）、平頭、上尾、蜂腰、鶴膝等「八病」的討論。（二）、
> 是「五字之中，音韻悉異，兩句之內，角徵不同」這句話在
> 詩律發展史上所代表的意義。

一、提出「四聲」說的人物及時代背景

　　追溯近體律調的發軔，齊、梁「四聲」說的提出是個重要的關鍵。
「四聲」的發明，對漢語聲韻研究而言是一大貢獻，運用到詩文創作
中，使文字調聲有規矩可循，對後來格律詩的形成，更有直接的影響。

　　那麼，誰最早提出「四聲」之目呢？一般認爲是齊永明時期沈約
等人。鍾嶸說：「昔曹、劉殆文章之聖，陸、謝爲體貳之才，銳精研
思，千百年中，而不聞宮商之辨，四聲之論。」〔註7〕在沈約之前強
調的是自然音韻，尚無四聲之說，做詩的人都是僅憑天籟，習焉不察
的。例如晉代陸機《文賦》中說：「暨音聲之迭代，若五色之相宣。
雖逝止之無常，固崎錡而難便。苟達變而識次，猶開流以納泉。如失
而後會，恆操末以續顛，謬玄黃之秩序，故淟涊而不鮮。」〔註8〕這
裡已提出文學語言要注意音聲和諧的問題，但也只是說音聲迭代之妙
是無常，出於自然的，只有達變者才能使口吻調利，還沒有提出固定
的調聲之術。再從聲韻學史的角度來看，三國時孫炎作《爾雅音義》，
才初步使用反切，魏李登編的《聲類》，是以宮、商、角、徵、羽分
韻，都還不見「四聲」的運用。

〔註7〕語見鍾嶸《詩品》，汪中注，台北：正中，1990，頁80。
〔註8〕引自《中國歷代文論選》，木鐸，頁138。

「四聲」一詞始出現於南朝史書中的記載：

顒始著《四聲切韻》，行於時。（《南史卷三十四‧周顒傳》）

約撰《四聲譜》，以爲在昔詞人，累千載而不寤，而獨得胸襟，窮其妙旨，自謂入神之作。（《梁書卷十三‧沈約傳》）

永明末，盛爲文章，吳興沈約。陳郡謝朓，琅邪王融以氣類相推轂。汝南周顒善識聲韻，約等文皆用宮商，以平上去入爲四聲，以此制韻，不可增減，世呼爲永明體。（《南齊書‧卷五十二‧陸厥傳》）

齊永明中，王融、謝朓、沈約文章，始用四聲，以爲新變。
（《梁書‧卷四十九‧庾肩吾傳》）

由此可見，「四聲」說起於周顒、沈約等南齊文士之倡導，並且運用到文學創作上。沈約自己也曾自負地說：「自騷人以來，多歷年代，雖文體稍精，而此秘未睹。至於高言妙句，音韻天成，皆闇與理合，匪由思至。」〔註9〕沈約的誇口不是沒有原因的，他說：「自古辭人，豈不知宮羽之殊、商徵之別？雖知五音之異，而其中參差變動，所昧實多。」〔註10〕前賢對詩歌、文章的創作都是出於自然的音韻諧適，不像沈約是自覺地運用一套聲律理論去進行詩文音樂美的要求。〔註11〕

當然，「四聲」說也不會是沈約一人的偶然發明，這是長期以來文人們認爲文學語言要具有音樂美，〔註12〕並且與魏晉以來佛學大盛

〔註 9〕語見《宋書》卷六十七〈謝靈運傳論〉，頁 1779。
〔註10〕語見沈約〈答陸厥書〉，錄自《中國歷代文論選》，頁 181。
〔註11〕雖然陸厥反對講究詩文聲韻是沈約獨得之秘，然而也不得不承認沈約對聲律論的精研：「前英已早識宮徵，但未屈曲指的若今論所申。…論者乃可言未窮其致，不得言曾無先覺也。」（陸厥〈與沈約書〉，見《中國歷代文論選》，頁 180）。
〔註12〕劉勰《文心雕龍‧聲律》篇有一段話：「夫音律所始，本於人聲者也。聲含宮商，肇自血氣，先王因之，以制樂歌。故知器與人聲，聲非學器者也，故言語者，文章關鍵，神明樞機；吐納律呂，唇吻而已。古之教歌，先揆以法，使疾呼中宮，徐呼中徵。夫宮商響高，徵羽聲下；抗喉矯吞之差，攢唇激齒之異，廉肉相推，皎然可分。」文學是語言的藝術，語言不但可用它本身包涵的概念表達思想感情，可以從它的音調表現思想感情的起伏變化，所以劉勰說它是「文章

大量佛經譯爲中文的時代背景有關。此時許多皇室子弟召集文士，討論文藝，兼習釋典，漸漸體味出梵、漢語言的異同。如南齊永明七年，竟陵王蕭子良在二月和十月大集「善聲沙門」，當時著名文人沈約、王融、劉繪、周顒等都參與其事，在轉讀佛經及拼音學理的影響下，對於聲律的研討無疑具有極大的推動作用，周顒《四聲切韻》、沈約《四聲韻》、王斌《四聲論》〔註13〕等大約都完成在這個時期。〔註14〕可惜的是這些書都已亡佚，不能考據出確切的成書年代，所以也不能具體的指出誰是始創者。〔註15〕

二、「四聲」的內涵及平仄二元化

已知「四聲」這個名詞，起於南齊永明年間，但周顒作的《四聲切韻》及沈約作的《四聲譜》這兩部書都失傳了，我們不知道他們給「四聲」下的定義是什麼？但是《梁書‧沈約傳》說：

> 約撰《四聲譜》，以爲在昔詞人累千載而不悟，而獨得胸襟，窮其妙旨，自謂入神之作。高帝雅不好焉，嘗問周舍曰：「何

關鍵、神明樞機」。在我國古代文學中，早有人注意到語言的音律特點，只不過早先是一種自然的音律，尚無「四聲」之說。

〔註13〕《南史‧陸厥傳》：「時有王斌者，不知何許人，著《四聲論》，行於時。」又見《文鏡秘府論‧四聲論》云：「洛陽王斌撰《五格四聲論》，文辭鄭重，體例繁多，剖析推研，忽不能別矣。」（見《文鏡秘府論校注》，台北：貫雅，1991年12月，頁104）。

〔註14〕「四聲」之說在轉讀佛經的社會需要下，肇始於南朝齊永明年間。陳寅恪〈四聲三問〉一文曾對此做詳盡的分析，他說周顒與沈約：「一爲文惠之東宮橡屬，一爲竟陵王之西邸賓僚，皆在佛化文學環境陶冶之中，四聲說之創始於此二人者，誠非偶然也。」（見《金明館叢稿初編》，上海古籍出版社，1982年2月，頁337）。
郭紹虞也說：「沈約利用前人聲韻研究的成果，正式確立四聲的名稱。在永明詩人的大力提倡下，詩歌音節美被提到首要的地位，詩篇的人爲韻律逐漸形成，開出了五言古體詩向律詩轉變的途徑。」（見《中國歷代文論選》，頁178～179）。

〔註15〕劉躍進根據《文鏡秘府論‧天卷》引隋劉善經《四聲指歸》的記載：「宋末以來，始有四聲之目，沈氏乃著其譜論，云起自周顒。」認爲最早提出四聲之目的是周顒。（參《永明文學研究》附錄〈四聲八病二題〉，台北：文津，1992年3月，頁337～338）。

謂四聲？」舍曰：「天子聖哲是也。」然帝竟不遵用。（卷十

三，頁 243）

我們知道「天子聖哲」四個字的聲音，就是平上去入四聲。原來「四
聲」就是指字音的四種聲調（tone）。平上去入四種聲調是根據齊梁
時代的聲調現象命名的，唐朝日本的留學僧空海著作的《文鏡秘府
論・四聲論》也說：「夫平上去入者，四聲之總名也。征整政隻者，
四聲之實也。」（頁 104）其中引沈約〈答甄公論〉云：

> 昔周、孔所以不論四聲者，正以春為陽中，德澤不偏，即平
> 聲之象；夏草木茂盛，炎熾如火，即上聲之象；秋霜凝木落，
> 去根離本，即去聲之象；冬天地閉藏，萬物盡收，即入聲之
> 象。以其四時之中，合有其義，故不標出之耳。（頁 110）

不但提出「四聲」就是平上去入四聲，甚至還暗示了四聲的調值，因
為當時並沒有科學的數據可供擬音，因此只能以抽象的四時四象來形
容四種聲調。沈氏說平聲之象是「陽中」而且「不偏」，似乎代表的
是中平調；上聲之象是「草木茂盛、炎熾如火」，都是向上發揚的景
象，可見上聲是揚調、上升調；去聲之象是「去根離本」往下落，所
代表的應是降調；入聲之象「天地閉藏、萬物盡收」，說「閉」與「收」
似乎韻尾含有一個閉塞音，近人研究中古入聲，說含有 p、t、k 三種
塞音韻尾，但可以和沈約的話相印證。後來有不少人替這四聲作註
解，但時隔世遠，又都是運用一種抽象的個人直覺的解說方式，教人
越看越糊塗，例如詮釋四聲最早的說法：

> 平聲哀而安，上聲屬而舉，去聲清而遠，入聲直而。〔註16〕
> 平聲平道莫低昂，上聲高呼猛烈強，去聲分明哀遠道，入
> 聲短促急收藏。（明僧真空〈玉鑰匙歌〉）

〔註16〕語見《文鏡秘府論》西卷〈文筆十病得失〉，據王利器考證此文是出
於隋人劉善經之手。後世，唐睢陽寧公、南陽處忠撰《元和新聲韻
譜》：「平聲者哀而安，上聲者屬而舉，去聲者清而遠，入聲者直而
促。」及明僧真空〈玉鑰匙歌〉（見正文）皆本此而作。（《文鏡秘府
論校注》，台北：貫雅，1991 年 12 月，頁 570～571）。

「哀」、「安」、「厲」、「清」、「遠」是形容聽音的感覺，還有用輕重緩急來解釋的：

> 平聲長言、上聲短言、去聲重言、入聲急言。（張成孫《說文韻譜》）

> 平聲揚之則爲上，入稍重之則爲去。（段玉裁〈與江有誥書〉）

有用發音部位區分四聲的：

> 同一聲也，以舌頭言之爲平，以舌腹言之爲上，急氣言之即爲去，閉氣言之則爲入。（王鳴盛《十七史商榷》）

有用實際的象徵來比喻的（類似沈約的四時四象）：

> 平聲長空，如擊鐘鼓；上去入短實，如擊土木石。（江永《音學辨微》）

另有人從宮商角徵羽音樂的角度解釋四聲，因四聲的差異在於聲調的升降，與音階的高低類似，所以當不少文人利用樂律的五音來比附文學作品的聲律。這種現象與中國詩歌詩樂合一的傳統及中國語言的特色有關。劉勰《文心雕龍・聲律》篇有一段話說：「夫音律所始，本於人聲者也。聲含宮商，肇自血氣，先王因之，以制樂歌。故知器寫人聲，聲非學器者也，故言語者，文章關鍵，神明樞機；吐納律呂，脣吻而已。古之教歌，先揲以法，使疾呼中宮，徐呼中徵。夫徵羽響高，宮商聲下；抗喉矯舌之差，攢脣激齒之異，廉肉相推，皎然可分。」（頁 629）正解釋了樂聲與人聲的關係，樂聲是模仿人聲的，人的發聲合於宮商角徵羽五音，乃是本於發音的強弱和喉舌脣齒的變化。

從隋陸法言的《切韻》開始，幾乎所有的韻書就按照平上去入四聲分類。但是四聲說提出之前的韻書卻是用五音分類，如魏李登的《聲類》及晉呂靜《韻集》，此兩本韻書今已亡佚，那麼我們何以得知？唐封演《聞見記》：

> 魏時有李登者，撰《聲類》十卷，一萬一千五百二十字。
> 以五聲命字，不立諸部。〔註17〕

〔註17〕「不立諸部」即不以四聲爲韻類分部。語見《封氏聞見記》卷二〈文

《魏書・江式傳》云：

晉世義陽王典祠令，任城呂忱表上《字林》六卷。……忱
弟靜別放故左校令李登《聲類》之法，作《韻集》五卷，
宮商角徵羽各爲一篇。（卷九十一，頁 1963）

范曄〈獄中與諸甥姪書〉：

性別宮商，識清濁，斯自然也。

可知在四聲說盛行之前，傳統習慣是以五音來說明文學語言的聲律問
題，然而在四聲盛行之後，《南史・陸厥傳》中記載沈約與陸厥對聲律
問題的往復辯難，及《宋書・謝靈運傳論》、《文心雕龍・聲律》〔註18〕
篇等論及聲律的文字仍然使用著宮商角徵羽，某些學者逐將四聲比附
五音，認爲平上去入四聲就是宮商角徵羽五音，至於這其中如何搭配？
最普遍的說法是《文鏡秘府論・調四聲譜》引唐人元兢所說的：

聲有五聲，角徵宮商羽也。分於文字四聲，平上去入也。

宮商爲平聲，徵爲上聲，羽爲去聲，角爲入聲。

及《玉海》卷七引徐景安《樂書》云：

凡宮爲上平聲，商爲下平聲，徵爲上聲，羽爲去聲，角爲
入聲。

但是也有學者反對這種說法，他們所持的意見是：唐人因《切
韻》系韻書有上下平之別，所以認爲上平爲宮，下平爲商，這是附
會的說法，因爲《切韻》系韻書是因平聲字多，才分上下二卷，使
其各部勻稱，此外別無其他寓意。以宮爲上平，商爲下平，無異承
認宮商毫無區別。〔註19〕但是關於此說，清代聲韻學者又早已有了

字〉，《叢書集成初編》，北京：中華書局，1985，頁 8。

〔註18〕沈約《答陸厥書》：「宮商之聲有五，文字之別累萬，以累萬之繁，
配五聲之約，高下低昂，非思力所舉。」

《宋書・謝靈運傳論》：「夫五色相宣，八音協暢，由乎玄黃律呂，
各適物宜，欲使宮羽相變，低昂互節，若前有浮聲，則後須切響。」

《南史・陸厥傳》：「爲文皆用宮商，以平上去入爲四聲，以此制韻…，
兩句之內，角徵不同。不可增減，世呼爲永明體。」

〔註19〕見詹鍈〈四聲與五音及其應用〉，收於《語言文學與心理學論集》，
山東：齊魯書社，1989 年 10 月，頁 59。

辨正，紀昀《沈氏四聲考》：

> 《齊書》《梁書》《南史》並稱約等文用宮商，以平上去入
> 制韻。然則所謂五音即是四聲，上平下平確其所定。唐徐
> 景安《歷代樂儀》所謂宮為上平，商為下平，角為入，徵
> 為上，羽為去者，蓋其遺法。西河毛氏謂約書只一卷，不
> 應分上下平聲，蓋據《七音韻鏡》平聲字繁厘卷為二之臆
> 說，不足為信。

陳澧《切韻考》卷六〈論四聲與宮商角徵羽〉云：

> 古無平上去入之名，借宮商角徵羽以名。封演《聞見記》云：
> 「李登撰《聲類》，以五聲命字。」《魏書‧江式傳》云：「呂
> 靜仿李登《聲類》之法，作《韻集》五卷，宮商角徵羽各為
> 一篇。」此所謂宮商角徵羽，即平上去入四聲。其分為五聲
> 者，蓋分平聲清濁為二也。陸氏《切韻》，清濁合為一韻，其
> 平聲分為二卷，但以字多而分也。孫愐《唐韻序後論》云：「《切
> 韻》者本乎四聲，必以五聲為定。則參宮參羽，半徵半商，
> 引字調音，各自有清濁。若細分其條目，則令韻部繁碎，徒
> 拘桎於文辭。」此孫愐解說《切韻》之書分四聲不分五聲之
> 故也。所謂宮羽徵商，即平上去入也。古以四聲分為宮商角
> 徵羽，不知其分配若何。《宋書‧范蔚宗傳》云：「性別宮商，
> 識清濁。」此但言宮商，猶後世之言平仄也。蓋宮為平，商
> 為仄歟？《謝靈運傳》云：「欲使宮羽相變，低昂互節。」《隋
> 書‧潘徽傳》云：「李登《聲類》，呂靜《韻集》，始判清濁，
> 才分宮羽。」此皆但言宮羽，蓋宮為平，羽亦為仄歟？《南
> 齊書‧陸厥傳》云：「兩句之內，角徵不同。」此但言角徵，
> 蓋徵為仄，角亦為平歟？然則孫愐但云宮羽徵商，而不言角，
> 角即平聲之濁歟？以意度之，當如是，然不可考矣。

清代聲韻學家陳澧在四聲與五音的搭配上，又提出了不同於前人的說
法，他為平上去入，即是宮羽徵商。大致而言，清代學者傾向主張四
聲出於五音，至於四聲與五音如何搭配？就沒有定論了。幸而這裡所
要討論並不是聲韻學的擬音問題，而是平上去入四種調類運用於詩歌

創作所起的影響及作用。

三、聲律說在詩歌創作中的運用——八病說及四聲二元分化

從南北朝至唐代的詩歌聲律歷史，簡而言之，就是從以講究四聲八病爲中心的聲律論，到注重平仄黏對的近體詩的演進過程。永明聲律說是講究四聲嚴格區分的，例如當時提出的「八病說」。〔註20〕所謂「八病」指的是平頭、上尾、蜂腰、鶴膝、大韻、小韻、傍紐、正紐八種關於五言詩聲律的限制。前四病與律調形成較有關，後四病則是講雙聲疊韻的問題，故此略而不談。今根據《文鏡秘府論》記載，介紹前四病如下：〔註21〕

（一）平　頭

平頭詩者，五言詩第一字不得與第六字同聲，第二字不得與第七字同聲。同聲者，不得同平上去入四聲，犯者名爲犯平頭。

例：芳時淑氣清，提壺臺上傾。

　　　平平　　　　平平

（二）上　尾

上尾詩者，五言詩中，第五字不得與第十字同聲，名爲上尾。

〔註20〕「四聲八病」說，大部份皆以爲定於沈約，如隋劉善經《四聲指歸》，唐盧照鄰《南陽公集序》：「八病爰起，沈隱侯永作拘囚。」皎然《詩式》：「沈休文酷裁八病，碎用四聲。」宋王應麟《困學紀聞》：「案《詩苑類格》沈約曰：『詩病有八，平頭、上尾、蜂腰、鶴膝、大韻、小韻、傍紐、正紐。惟上尾、鶴膝最忌，余病亦通。』」近來有學者懷疑這個說法。但無論「八病」說是否是沈約提出的，它確實是流行於當時詩歌聲律所應避忌的規律。如鍾嶸《詩品》也說：「至平上去入，余病未能，蜂腰鶴膝，閭里已具。」而《南史·陸厥傳》也記載「平頭、上尾、蜂腰、鶴膝」是以沈約爲中心的齊永明體所免的四聲詩病。

〔註21〕見日僧空海（774～835）所輯《文鏡秘府論》西卷〈文二十八種病〉中的前「八病」。王利器校注，台北：貫雅，1991 年 12 月，頁 476～492。

例：西北有高樓，上與浮雲齊。
　　　　平　　　　　　平

（三）蜂　腰

蜂腰詩者，五言詩一句之中，第二字不得與第五字同聲。

例：聞君愛我甘，竊獨自雕飾。
　　平　　平　　入　　入

（四）鶴　膝

鶴膝詩者，五言詩第五字不得與第十五字同聲。

例：撥棹金陵渚，遵流背城闕，浪蹙飛船影，山掛垂輪月。
　　　　　上　　　　　　　　　　　　　　上

　　從以上聲病的解說及所舉之例，我們可知此時對聲律的要求是較精細的，「不得同聲」的限制是精細到不得同平聲、同上聲、同去聲、同入聲。那麼詩律如何從「平、上、去、入」四類各自被嚴格區分使用的情形，簡化至體詩律以「平、仄」兩大類別爲單位的組合？〔註22〕正是此部分欲探討的重點。

　　近體詩的聲律主要是通過「平」、「仄」〔註23〕這兩大類別的變化來實現的。齊、梁時期的聲律說如上段所言講究的四聲的運用，還不見用「平」、「仄」這名稱來論述詩律的問題，但是沈約及劉勰

〔註22〕日本學者松浦友久認爲以「平、上、去、入」四類別爲單位的韻律組合過於瑣細，實用性很差。而以「平、仄」二類爲單位的組合，才得粗細之適中，成爲實用的韻律單位。並且「平」與「仄」因其相互依存、相互不可欠缺的關係，可看作是聲調層次的對偶現象，而「對偶」正是當時盛行的文學風氣。（參見《中國詩歌原理・第六篇詩與對句》，孫昌武、鄭天剛譯，台北：洪葉文化，1993 年 5 月，頁 203～206）。

〔註23〕《相和歌》有〈平調曲〉、〈側調曲〉，「平」、「仄」之名疑當蛻變於此。然因古樂譜今已不可聞，平調、側調有何差別？今天也莫得而詳。平、仄二字的意義，仄與「側」通，平聲之字，發音平正故曰「平」；上去入三聲之字，發音欹側，或頭音高，或尾音昂，故曰「仄」。（參見詹鍈〈四聲與五音及其應用〉，頁 46）。

討論聲律的隻字片語中，卻早已觸及二元分化的原則，沈約〈謝靈運傳論〉說：「欲使宮羽相變，低昂互節，若前有浮聲，則後須切響。」《文心雕龍‧聲律》：「凡聲有飛沈…。沈則響發而斷，飛則聲揚不遠。」〔註24〕他們將人類發言分為「低」與「昂」、「飛」與「沈」、「浮聲」與「切響」相互對比的兩個類別。今人劉躍進在《永明文學研究》中提出：「所謂浮聲、輕聲、或曰低聲，其實都是平聲的代名詞，指聲音緩而浮；所謂切響、重聲、或曰昂聲，其實都隸屬於仄聲的範疇，指聲音重疾而濁。」（頁121）這個說法並非定論，一些學者對於這些詞語的實指不時還提出異議。因此，他認為郭紹虞的說法最為含蓄合理，並不臆測各詞語的涵義與勉強分類，他僅說：「這些術語是都可以統攝到平仄二類中去的，所以可以相通；也都可以看作是平仄二類的問題。」他認為這些比喻性的說法，基本上反映出當時人想「使四聲二元化的要求」。〔註25〕

　　齊梁人雖已有將聲律分為二元相對的意識，但是當未體現在「八病說」的規定之中，此時仍注重在四聲的嚴析。但是從《文鏡秘府論》中所載的資料，可明白看出自梁以後四聲二元化的趨向，如梁人劉紹云：

> 平聲賒緩，有用處最多，參彼三聲，殆為大半。且五言之內，非兩則三，如班婕妤詩曰：「常恐秋節至，涼風奪炎熱。」此其常也。亦將用一用四，若四，平聲無居第四，如古詩云：「連城高且常」是也。用一，多在第二，如古詩曰：「九州不足步」此謂居其要也。〔註26〕

〔註24〕黃侃《文心雕龍札記》說：「飛謂平清，沈謂仄濁。」張文勛〈六朝聲律說與詩歌創作的關係〉也說：「劉勰說的飛、沈，大至就是沈約說的『浮聲』、『切響』，相當於後來說的平、仄，平聲輕而飛浮，仄聲濁而沈切，又『輕清』、『重濁』。所以上面說到的浮切、飛沈、清濁、輕重，都是就四聲的特點而言聲調的差異。」（見《思想戰線》，1982 第二期，頁31）。
〔註25〕參考劉躍進《永明文學研究》，台北：文津，1992 年3 月，頁121。
〔註26〕引文出自隋劉善經《四聲指歸》引劉紹語。見《文鏡秘府論‧西卷‧

所謂平聲「有用處最多，參彼三聲，殆爲大半」乃是劉縚對作品中用字的聲調所作的分析，意謂詩句中的平聲字與上、去、入三聲相比，數量最多。這是今日所見將平聲字單獨提出，與其他三聲相對而言的最早資料，可說隱約反映了四聲二元化的意識。

劉縚還提出另一個爲當時詩人們遵守的規矩：「又第二字與第四字同聲，亦不能善。此雖世無的目，而甚於蜂腰。如魏武帝《樂府歌》云：『冬節南食稻，春日復北翔。』是也。」（《文鏡秘府論校注》，頁489）第一句的「節」與「食」，第二句的「日」與「北」均爲入聲，故犯二、四同聲之病。劉滔所謂二、四不同，即指在第二、四不能用同一類聲調的字，這與近體詩以平仄對立爲規定的二、四不同略有差別。但以此理論來檢視沈約、謝朓的五言八句詩：

長枝萌紫葉，清源泛綠苔。
　　平　上　　　平　　入
山光浮水至，春色犯寒來。
　　平　上　　　入　平
臨睨信永矣，望美曖悠哉。
　　平　上　　　上　平
寄言幽閨妾，羅袖勿空裁。（沈約〈泛永康江〉）
　　平　平　　　去　平
處和無近累，天然有勝質。
　　平　去　　　平　去
蕭瑟負高情，耿介懷秋實。
　　入　平　　　去　平

文二十八種病》，頁489。據王利器考定《隋志》有《四聲指歸》一卷，而《日本見在書目》（編成年代約在891～898）亦記錄有劉善經《四聲指歸》一卷，與《隋志》相合。劉善經，《隋書‧文學傳》、《北史‧文苑傳》俱有傳。《文鏡秘府論校注》，頁80注（1）。劉縚，《梁書》卷四十九《文學劉昭傳》云：「昭子縚，字言明，亦好學，通《三禮》。大同（535～546）中，爲尚書祠部郎，尋去職，不復社。」著有《先聖本紀》十卷，「縚」與「滔」常混用，劉氏有弟名「緩」，故以稱劉縚爲是。見《文鏡秘府論校注》，頁87注（3）。

　　義貴良爲重，蘭摧非所恤。
　　　去　平　　　平　上
一罷平生言，寧知攜手日。（沈約〈懷舊詩傷劉渢〉）
　　去　平　　　平　上

瓊閨釧響聞，瑤席芳塵滿。
　　平　上　　　入　平
要取洛陽人，共命江南管。
　　上　平　　　去　平
情多舞態遲，意傾歌弄緩。
　　平　去　　　平　去
知君密見親，寸心傳玉鋺。（謝朓〈夜聽妓〉）
　　平　去　　　平　入

杏梁賓未散，桂宮明欲沈。
　　平　去　　　平　入
曖色輕幃裡，低光照寶琴。
　　入　平　　　平　上
徘徊雲鬢影，的爍綺疏金。
　　平　去　　　入　平
恨君秋月夜，遺我洞房陰。（謝朓〈同詠座上所見一物——獨〉）
　　平　入　　　上　平

沈約、謝朓二、四字平仄對立統計表

五言八句詩	句　數	二、四平仄相對	比　例
沈　約	47首	376句	258句	69%
謝　朓	41首	328句	244句	74%

按理說如果只要遵守「二、四不同聲」的規定，應當會出現許多「上、去」「上、入」「去、入」的組合才是。然而事實又不然，由以上幾首詩例來看，大部份平聲總是與上、去、入三聲對應出現。可見沈約及謝朓等永明體詩人所提倡的詩論，雖然是以四聲區分爲原則，但在實際創作中已有近體詩平仄二元化的傾向。

　　而真正能較確定平（平聲）與仄（上、去、入聲）對立的詩律觀念，則要到初唐。如元兢言「平頭」之病云：

> 此平頭如是，近代成例，然未精也。欲知之者，上句第一字與下句第一字，同平聲不爲病；同上去入聲一字即病。（《文鏡秘府論校注》，頁 478）

又論「蜂腰」病云：

> 「君」與「甘」非爲病；「獨」與「飾」是病。（按：指「聞君愛我甘，竊獨自雕飾」二句。）所以然者，如第二字與第五字同去上入，皆是病，平聲非病也。（《文鏡秘府論校注》，頁 487）〔註27〕

元兢對「平頭」、「蜂腰」的說法，將齊梁時規定的這兩種病犯的限制放寬了，如同爲平聲則不算犯病，將平聲與非平聲分成兩類的意思更加明顯。這樣的發展，大約是因平聲調值無高低變化，讀來有舒緩安定之感，而上、去、入三聲調值或有高低變化，或急迫短促，都不如平聲那樣穩定。故詩歌聲律由平、上、去、入又歸納爲「平」、「仄」（「仄」通「側」，即有崎側不平之意）兩大類。

第三節　五言八句式律調直向（單句）結構分析

　　五言律調，是在永明詩人的推動下和後來文人的創作過程中逐步完成的。這是個摸索、實驗的歷程，在多方向、多樣式的種種試驗中，詩歌中聲律的運用狀況，不免混亂而紛紜，詩人與詩人之間，一個詩人的各首詩之間，都不相同。我們經過實際平仄聲調的標識，分析歸納其中的規則，希望瞭解律調發展的過程，並且也可清楚的知悉各家在詩歌聲律上的運用習慣與風格，例如《南齊書・文學傳論》說鮑照

〔註27〕據王利器考定此乃出自元兢《詩髓腦》。見《文鏡秘府論校注》，頁 58 注（1）。元兢，生卒未詳，但據他所著《古今詩人秀句序》言：「余以龍朔元年（西元 661 年），爲周王府參軍。與文學劉禕之、典籤范履冰、時東閣已建，期竟撰成此錄。」大約可知其生存的年代。見《文鏡秘府論・南卷・集論》，頁 425。

詩「發唱驚挺，操調險急」，就必須從聲律的角度去理解，也才有具體的論據去解說鮑照詩「貴尚巧似，不避危仄，頗傷清雅之調。」〔註28〕的真正意義。

　　上一節從當時文人的簡要的評論中，雖然透露了聲調發展的訊息，但是仍然不能解答我們的疑慮。如八句式律調的形成步驟是否與四句一單位的重複有關？而王力所說的四種基本律句又是何時成為大家普遍遵行的定則？要解答這些問題，以下兩節我們將分別從直向（單句）及橫向（八句）的平仄組合方式，觀察南北朝至初唐詩人於律調的運用情形。

　　近體詩律調主要是通過「平」、「仄」這兩大類別的變化來實現的。「平」、「仄」的單句組合，在五言詩中應有三十二種組合。這三十二種組合又可分為 A：仄起平收、a：仄起仄收、B：平起平收、b：平起仄收四大類型，每類型各有八種句式，賦予代號分別如下：

仄起平收	仄起仄收
A1：｜｜｜－－	a1：｜｜－－｜
A2：－｜｜－－	a2：－｜－－｜
A3：｜｜｜｜－	a3：｜｜－｜｜
A4：－｜｜｜－	a4：－｜－｜｜
A5：｜｜－｜－	a5：｜｜｜｜｜
A6：－｜－｜－	a6：－｜｜｜－
A7：｜｜－－－	a7：｜｜｜｜｜
A8：－｜－－－	a8：－｜｜｜｜
平起平收	平起仄收
B1：－－｜｜－	b1：－－－｜｜
B2：｜－｜｜－	b2：｜－－｜｜
B3：－－｜－－	b3：－－－－｜
B4：｜－｜－－	b4：｜－－－｜

〔註28〕語見鍾嶸《詩品》評語，汪中注，台北：正中，1990，頁184。

B5：－－－｜－	b5：－－｜－｜
B6：｜－－｜－	b6：｜－｜－｜
B7：－－－－－	b7：－－｜｜｜
B8：｜－－－－	b8：｜－｜｜｜

一、南北朝律句運用

　　爲方便觀察南北朝詩人於律句的運用情形，我們將南北朝大致分爲四期：第一期以謝靈運（西元385～433年）、鮑照（西元421？～465？年）爲代表；第二期永明體代表：沈約（西元441～513年）、謝朓（西元464～499年）、吳均（西元469～512年）；第三期宮體代表：蕭綱（西元503～551年）、蕭繹（西元508～551年）、庾肩言（西元487～551年）；第四期是庾信（西元513～581年）、徐陵（西元507～583年）將他們的五言八句詩逐一標示平仄，統計結果如下：

人名	謝靈運	鮑照	沈約	謝朓	吳均	蕭綱	蕭繹	庾肩吾	庾信	徐陵	合計
首數	15首	16首	47首	43首	66首	72首	30首	28首	82首	24首	423首
A1	14	13	44	35	61	81	34	29	67	31	409
A2	8	18	31	29	38	55	26	18	68	22	313
A3	7	1	5	3	5	1	0	3	1	1	27
A4	2	3	5	0	4	1	2	1	3	2	23
A5	6	6	16	5	4	4	0	0	1	0	42
A6	2	4	8	4	3	3	2	0	3	0	29
A7	6	3	4	16	38	28	4	7	18	4	128
A8	4	3	4	7	10	3	6	1	5	2	45
a1	6		23	26	35	49	22	19	58	24	266
a2	0	3	6	13	13	14	11	8	22	3	93
a3	4	1	5	3	9	4	0	0	4	1	31
a4	3	2	5	5	2	0	2	1	4	1	25
a5	3	6	7	3	14	11	1	4	5	1	55

a6	2	3	13	9	10	4	3	1	3	1	49
a7	1	0	2	0	1	0	0	0	1	0	5
a8	2	1	3	1	3	2	0	0	0	1	13
B1	4	6	21	22	36	57	29	36	115	29	355
B2	2	4	3	3	9	4	0	1	8	0	34
B3	15	3	3	3	4	5	0	3	8	0	44
B4	3	1	7	3	4	3	0	3	1	2	27
B5	2	2	11	14	28	34	15	12	35	9	162
B6	5	5	7	5	8	6	3	3	1	0	43
B7	1	1	2	0	0	0	0	1	1	0	6
B8	0	0	0	3	4	1	0	1	0	0	9
b1	2	6	40	20	24	39	24	26	58	18	257
b2	1	2	17	16	25	50	23	17	76	11	238
b3	1	3	3	5	10	4	0	1	1	1	29
b4	1	3	8	1	11	2	1	1	2	1	31
b5	7	13	34	56	51	53	16	11	28	13	282
b6	3	4	12	10	21	13	4	3	10	3	83
b7	3	2	22	22	32	37	10	13	44	9	194
b8	0	2	5	2	11	8	2	0	5	2	37
總句數	120	128	376	344	528	576	240	224	656	192	3384

　　由以上的統計結果，我們可知南北朝詩人於平仄句型的使用，較爲普遍的前十名分別爲：

　　一、A1：｜｜｜－－

　　二、B1：－－｜｜－

　　三、A2：－｜｜－－

　　四、a1：｜｜－－｜

　　五、b1：－－－｜｜

　　六、b5：－－｜－｜

　　七、b2：｜－－｜｜

　　八、b7：－－｜｜｜

　　九：B5：－－－｜－

　　十、A7：｜｜－－－

許多詩評家認爲南北朝是我國近體律調的發源，清人董文渙《聲調四譜》卷五云：「格律兆於齊、梁」，正是指律詩的平仄組合方式在這時期已被廣泛的運用，如構成唐代近體詩的四種基本律句 A1：｜｜｜－－、b1：－－－｜｜、B1：－－｜｜－、a1：｜｜－－｜，已成爲南北朝詩人最愛用的形式。而唐律中所謂違反常格的「拗句」也可在此發現其蹤跡，例如被王力歸類爲「甲種拗」的 A2：－｜｜－－及 b2：｜－－｜｜，既然 A1：｜｜｜－－、b1：－－－｜｜的形式受歡迎，那麼依據沈約所說：「五字之中，音韻悉異」的原則，改變 A1 開頭連三仄第一字爲平，b1 開頭連三平第一字爲仄，正是符合聲律不過度重複的理想，所以這兩種句型也能被講究聲律的詩人們接受。王力說這種形式詩人可以不避，也可以不救，〔註29〕正因爲從南北朝以來它們被使用的普遍性，幾乎可與四種「嚴格律句」並駕齊驅。

　　另外一種被視爲平仄的特殊形式：b5：－－｜－｜，更是尋常到不應被認爲變例，唐人應試的排律都允許用它，如元稹〈河鯉登龍門〉：「回瞻顧流輩，誰敢望同升」。b5 句型遠在謝靈運、鮑照的時代就已得到偏愛，尤其是鮑照，更是有不少這樣的例句：

　　　　〈登雲陽九里埭詩〉：流年抱衰疾

　　　　〈贈故人馬子喬詩〉：攀隅食玄草、昏明獨何草、懷憂坐空老

　　　　〈學劉公幹體詩〉：連冰上冬月、山寒野風急、孤貞爲誰立

　　　　〈詠秋詩〉：何由忽靈化

　　　　〈和王義興七夕詩〉：秋堂泣征客

而除了 b5 式外，鮑照詩也喜歡用 A5、a5 的句型，如果與各常例比較的話，如第一類〔b1：－－－｜｜→b5：－－｜－｜〕、第二類〔A1：｜｜｜－－→A5：｜｜－｜－〕、第三類〔a1：｜｜－－｜→

────────────

〔註29〕王力說法見《漢語詩律學》〈第一章近體詩第八節拗救〉，收於《王力文集》第十四卷，山東教育出版社，1989 年 11 月，頁 109～112。

a5：｜｜｜－｜），可以發現 b5 式及 A5 式均在兩平聲中間夾用一個仄聲，而 a5 式更是一句之中用了四個仄聲，事情多與不及都無法平衡，無論是落單的仄聲或過多的仄聲，都不會是常例。所以我們說鮑照詩「發唱驚挺，操調險急」就是這個意思。永明詩人中沈約、謝朓、吳均也很善於運用這種特殊形式入詩。由此可見所謂的「拗句」並非唐人獨有，而是具有歷史承襲意義的。〔註30〕

關於最後三種句式 b7：－－｜｜｜、B5：－－－｜－、A7：｜｜－－－，這種「三仄尾」、「三平尾」以及孤仄的形式應該不符合當時所提倡的聲律原則，而仍佔有相當比例的原因，是受到漢魏古體遺韻的影響。但是由所佔的比例為最後三名的現象看來，不也正說明詩歌聲律正逐漸擺脫舊傳統，朝著一種新的變化邁進。

若將律詩的四種基本律調 A1、b1、B1、a1 視為「嚴格律句」，而將 A2、b2、b5 視為「特殊律句」，那麼各人的創作比例，分別如下所示：

人　名	句　數	嚴格律句	特殊律句	總　合
謝靈運	120	22%	13%	35%
鮑　照	128	23%	26%	49%
沈　約	376	34%	22%	56%
謝　朓	344	30%	29%	59%
吳　均	528	30%	22%	52%
蕭　綱	576	39%	27%	66%
蕭　繹	240	45%	27%	72%
庾肩吾	224	49%	21%	70%
庾　信	656	45%	26%	71%
徐　陵	192	53%	24%	77%

〔註30〕南北朝唐詩「拗句」的差異在於唐詩「拗句」是有意為之，常以「拗」「救」的形態出現；而在南北朝這些特殊句式的出現卻是孤立的，它們純粹被當作一種受歡迎的單句使用。也由此可見此時在律調的發展上還沒有「聯」的對應觀念。

這結果告訴我們五言詩單句的平仄組合雖有三十二種形式，然而南北朝詩人的律調創作卻集中在十種之內。顯示這時期詩歌聲律雖不到嚴格限制的地步，但已可見朝共同目標演進的傾向，平仄運用的任意性正逐漸消失。如上表所示這七種律句在永明體時已佔有半數以上的比例，而到了宮體更加「轉拘聲韻」，律句的運用更是節節上升，到了南北朝末期庾信、徐陵等詩人時更是高達百分之七十以上。四種嚴格律句的使用情形，也由元嘉時期的 20%↑，永明體 30%↑，宮體 40%↑，到徐庾體的近半數，單句律句的選擇可說愈來愈明確了。

二、初唐律句分析

　　一般認為初唐是律詩成立的時期，律句經過南北朝詩人去蕪存菁的試驗，已大致浮現幾個基本目標。那麼初唐人在這個基礎下有什麼進一步的貢獻？同樣地，我們將初唐約一百年時間（618～712）分成三個階段來觀察他們的五言八句式平仄組合：第一階段代表詩人有唐太宗、上官儀（608？～664）；第二階段以初唐四傑盧照鄰（630？～685？）、楊炯（650～693？）、王勃（650～675）、駱賓王（619？～684）為代表；第三階段則以李嶠（644～713）、杜審言（648？～708）、沈佺期（656～713）、宋之問（656？～712），及陳子昂（656～702？）為觀察對象。根據《全唐詩》中各人的五言八句詩（剔除缺字的作品，而重複的作品只計算一次）逐一標示平仄，統計結果如下：

人名	唐太宗	上官儀	盧照鄰	楊炯	王勃	駱賓王	李嶠	杜審言	宋之問	沈佺期	陳子昂	合計
首數	50	9	33	14	35	70	156	28	92	64	51	602
A1	61	8	26	12	20	66	112	25	76	45	43	494
A2	37	5	50	21	58	89	209	32	105	76	64	746
A3	1	0	0	0	0	0	0	0	1	0	1	3
A4	0	0	0	2	0	2	9	1	4	3	2	23
A5	1	0	0	0	4	0	0	0	3	5	3	16
A6	1	0	2	0	2	0	2	0	3	2	2	14

A7	7	2	2	2	2	5	6	0	10	7	12	55
A8	5	0	0	1	1	3	7	0	5	4	11	37
a1	49	11	40	15	36	92	188	37	94	58	38	658
a2	20	6	16	5	14	21	69	14	45	36	19	265
a3	0	1	1	0	1	4	8	0	14	5	0	34
a4	1	1	0	0	1	3	2	0	3	8	9	28
a5	3	1	1	0	0	2	6	1	5	3	5	27
a6	2	0	1	1	0	0	2	0	6	4	4	20
a7	0	0	1	0	0	0	0	0	4	1	0	6
a8	1	0	0	0	0	2	0	0	0	2	0	6
B1	55	6	42	22	40	95	268	51	139	92	39	849
B2	2	0	1	0	0	0	8	3	7	1	1	23
B3	4	0	0	0	2	6	12	2	1	6	8	41
B4	3	0	0	0	2	2	3	0	2	2	1	15
B5	8	8	14	4	7	15	21	1	18	16	16	128
B6	2	0	1	0	0	5	3	0	6	6	3	26
B7	0	0	0	0	0	1	1	0	3	1	2	8
B8	0	0	0	0	0	0	0	0	0	1	0	1
b1	50	10	18	8	45	50	92	11	46	35	27	392
b2	39	4	12	8	24	60	104	35	60	45	18	409
b3	0	0	0		1	3	5	0	1	4	5	19
b4	2	1	4	0	1	3	6	0	4	5	7	33
b5	25	6	10	5	10	11	45	2	39	16	36	205
b6	4	1	2	2	3	0	6	0	11	6	15	50
b7	17	1	20	4	4	19	48	8	16	14	12	163
b8	0	0	0	0	1	1	6	1	5	3	5	22
總句數	400	72	264	112	280	560	1248	224	736	512	408	4816

　　初唐平仄句型的使用仍然沿襲南北朝人的成果，受歡迎的句式大同小異，如下所顯示，並且標明各句式由〔南北朝→初唐〕被運用的變化情形：

　　　　一、B1：－－｜｜－〔二↑10%→18%〕

　　　　二、A2：－｜｜－－〔三↑9%→15%〕

　　　　三、a1：｜｜－－｜〔四↑8%→14%〕

　　　　四、A1：｜｜｜－－〔一↓12%→10%〕

五、b2：｜－－｜｜〔七↑7%→8%〕
六、b1：－－－｜｜〔五＝8%→8%〕
七、a2：－｜－－｜〔×↑3%→6%〕
八、b5：－－｜－｜〔六↓8%→4%〕
九、b7：－－｜｜｜〔八↓6%→3%〕
十、B5：－－－｜－〔九↓5%→3%〕

A1、a1、B1、b1 四種句式很明顯是構成唐代近體律調的主要句型，變化 A1、a1、b1 這三種基礎律句第一字的平仄而成的 A2、a2、b2 句式也是被普遍使用的形式，唯獨少見變化〔B1：－－｜｜－〕第一字而成的〔B2：｜－｜｜－〕句式，可見歷來被視為犯律調大忌的「孤平」句式，確實是唐人近體聲律所刻意避忌的。另外，南北朝時仍佔不少分量的古句如「三平尾」（A7）、「三仄尾」（b7）等句式逐漸減少，也正預告了律詩時代的來臨。

如果將 A1、A2、a1、a2、B1、b1、b2、b5 八種句式視為律句，那麼以下是初唐各人對於律句的運用佔其所有五言八句詩的百分比情形：

人　名	句　數	嚴格律句	特殊律句	百分比
唐太宗	400	54%	30%	84%
上官儀	72	49%	29%	78%
盧照鄰	264	48%	33%	81%
楊　炯	112	51%	35%	86%
王　勃	280	50%	38%	88%
駱賓王	560	54%	32%	86%
李　嶠	1248	53%	34%	87%
杜審言	224	55%	37%	92%
宋之問	736	48%	34%	82%
沈佺期	512	45%	34%	79%
陳子昂	408	36%	34%	70%

　　A1、a1、B1、b1 四種調式，在南北朝末期庾信、徐陵的五言八句作品中就已佔有半數的比例，到了初唐繼承梁、陳遺風，對於這四種句型的使用更趨穩定，均佔半數左右，因此被視爲律調的基礎句型。但是律詩的聲調並不僅僅是四種類型的重複使用而已，在三十二種選擇中，A2：－｜｜－－、a2：－｜－－｜、b2：｜－－｜｜、b5：－－｜－｜，這四種句式也佔有相當大的數量，因此也可被視爲律詩常用的調式。與南北朝相較之下，初唐人使用這八種句式的比例更高（百分之八十以上）。

　　因此，我們可以說「五字之文」如何調諧音律，在南北朝詩人的摸索試驗下，已呈現大致的目標，到了初唐更加確定，不合律的句式被創作的次數更是微乎其微。接下來，我們想知道的是這些律句，如何在八句一列的隊伍中排列組合，並且成爲規矩謹嚴的律詩調式。

第四節　五言八句式律調橫向結構組合

　　五言八句詩的橫向結構最基礎的單位爲一「聯」（兩句），除了單句本身的聲律和諧外，句與句間的聲律問題，沈約時已注意到了，如他說：「五字之中，音韻悉異，兩句之內，角徵不同。」又說「十字之文，顛倒相配。」而當時所避忌的聲病如「平頭」、「上尾」、「鶴膝」也超出了單句的限制，開始注意到「聯」的聲律和諧。

　　八句近體律調的橫向組合必須遵守兩個原則，一是「對」的關係，即一「聯」中必須平仄相對，如出句是平頭，對句必須是仄頭；而出句如是仄頭，對句則須平頭（平仄相反）。二是「黏」的關係，即上一聯的對句如是平頭，下一聯的出句必須也是平頭（平仄相同）。我們知道在文學體裁的發展過程中，任何一種規則的形成都不是憑空造就的，近體律調「黏」、「對」規則的產生也是有跡可循的。

一、「黏」、「對」觀念的形成

　　「對」比「黏」的觀念更早形成，如齊梁八病中「不得同聲」的

避忌，便包含了「對」的意思。例如要避免八病之中的平頭之病，則上句的第一、二字與下句的第一、二字聲調須不同。但這還不同於律詩的「對」，因還不是平聲對仄聲，而是四聲中任兩種聲調相對，如上對去、上對入、去對入等。與律調「對」的規則形成有關的，有梁人劉縚提出的「二、四不同聲」說，五言詩的第二、四字是音律節奏重點，自然要講究頓挫變化。但是這個原則也只適用在一句之中，還未涉及到句與句、聯與聯之間的關係。無論是「八病」說或「二、四不同聲」，聲律要求變化、相對的原則一直很明顯，但聲律論衍至南北朝結束均未觸及到「黏」的問題。

「黏」的規則，首見於初唐元兢的調聲之術──「換頭」說，並且以他自己所寫的〈蓬州野望〉詩作說明：

換頭者，若兢於《蓬州野望》詩曰：

飄颻宕渠域，曠望蜀門隈。

平平　　　去去

水共三巴達，山隨八陣開。

上去　　　平平

橋形疑漢接，石勢似煙回。

平平　　　入入

欲下他鄉淚，猿聲幾處催。

入去　　　平平

此篇第一句頭兩字平，次句頭兩字上去入；次句頭兩字去上入，次句頭兩字平；次句頭兩字又平，次句頭兩字去上入；次句頭兩字又去上入，次句頭兩字又平。如此輪轉，自初以終篇，名為雙換頭，是最善也。若不可得如此，則如篇首第二字是平，下句第二字是用去上入；次句第二字又用上去入，次句第二字又用平；如此輪轉終篇，唯換第二字，其第一字與下句第一字用平不妨，此亦名為換頭，然不及雙換。又不得句頭第一字是去上入，次句頭用去上

入，則聲不調也。可不慎歟！〔註31〕

　　這一段話是有關律詩「黏」、「對」規則的重要記載，它是延續齊梁「平頭」說更進一步的發展。其中包含了兩個特點：一是律詩「對」的規則，由他自己所舉的詩例看來，它與齊梁之避「平頭」不同；它要求平聲與非平聲相對，而不容許上對去、上對入或去對入，這也是四聲二元化終於抵定的證據。第二個特點，也是最重要的，他提出了「黏」的觀念，主張後聯出句第一、二字的平仄，要與前聯對句第一、二字相一致，並且據其所舉詩例，只須平黏平，非平黏非平即可，不要求上黏去、去黏去、入黏入，如第二、三句的首字「曠」、「水」為去、上相黏，第六、七句的第二字「勢」、「下」為入、去相黏。而且第二字的平仄黏對比第一字更重要，必須謹遵奉行，第一字則有較大的彈性空間，用平聲不妨。所以此「換頭」說又稱「拈二」〔註32〕（「拈」與「黏」通）。

　　「換頭」雖然在名目上只黏第二字，但在「二、四不同聲」的限制下，實際上也黏第四字，現在試驗證〈蓬州野望〉各句第二、四字的平仄如下：

　　一、平（飆）——平（渠）　二、仄（望）——平（門）

　　三、仄（共）——平（巴）　四、平（隨）——仄（陣）

　　五、平（形）——仄（漢）　六、仄（勢）——平（煙）

　　七、仄（下）——平（鄉）　八、平（聲）——仄（處）

除了首句二、四字是平、平之外，其他七句不但二、四字都平仄對舉，而且在句與句、聯與聯之間也像第二字那樣保持黏對的關係。第二、四雙黏的原則，正是近體聲律的最大特色。

　　在理論上，元兢的「換頭」說已確切提出近體聲律的「黏」、「對」規則，而五言八句律調的橫向結構，正是基於這兩大原則緊密組合而成。

〔註31〕引文見《文鏡秘府論校注》，頁58。

〔註32〕見《文鏡秘府論校注》，頁61。

二、南北朝至初唐詩人在「黏」、「對」方面的創作情形

　　「黏」、「對」的規則清清楚楚記在初唐人的詩學著述中，表示著律調的完成。然而這個發展趨勢由萌芽到成熟，卻經歷了一個漫長的探索實驗過程。以下是依據近體聲律重視的二、四字「黏」、「對」原則，檢視南北朝至初唐諸家在這方面的創作概況。

　　如果以一首五言八句律詩來看，符合「對」規律的應有四處，即一、二句，三、四句，五、六句，七、八句；要求相「黏」的位置應有三處，即二、三句，四、五句，六、七句。

（一）南北朝五言八句詩「黏」、「對」情形

人　　名	沈約	謝朓	蕭綱	蕭繹	庾肩吾	庾信	徐陵
應「對」數	188	172	288	120	112	328	96
應「黏」數	141	129	216	90	84	246	72
符合「對」的聯數	88	44	136	56	69	208	62
百分比	47%	26%	47%	47%	62%	63%	65%
符合「黏」的聯數	25	23	64	32	46	109	35
百分比	18%	18%	30%	36%	55%	44%	49%
完全合「黏」「對」首數	0	0	0	0	2	2	2

　　從上表的記錄看來，符合「對」的聯數比例始終比符合「黏」的還高，更明顯可見在近體律調的發展過程中，「黏」與「對」的講究並非同時起步。永明詩人對詩歌聲律的要求，雖然主張在一簡之內（五字）要做到音韻盡殊，十字之中顛倒相配的原則，但沈約同時也有這樣的感嘆：「字不過十，巧歷已不能盡，何況復過於此者乎？」一聯十字的平仄應如何相對？已令這位精研聲律的詩人有變化萬端，莫衷一是的茫昧感。沈約的五言八句式作品共有 47 首，應「對」聯數 188 聯，符合的比例是 47% 與宮體詩人蕭綱、蕭繹們近似，比起謝朓來，可見沈約在詩歌的聲律變化上確實用心。但是在超越「十字之文」，聯與聯的聲律組合問題上，還沒有體悟出合適的法則，這可以從符合「黏」的百分比低落，僅有 18% 的情形看出。

　　此時的聲律實驗是以一聯為單位，要求一聯內的聲律要有變化，而不只是單調的重複而已。是故在一聯之內平仄相對的情形自然比重複的比例多，以下試舉數例以明之：

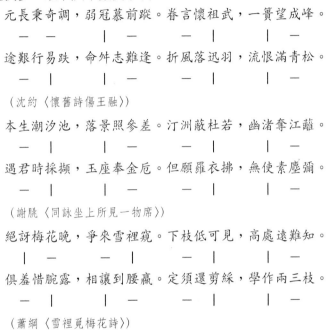

　　元長秉奇調，弱冠慕前蹤。眷言懷祖武，一簣望成峰。

　　途艱行易跌，命舛志難逢。折風落迅羽，流恨滿青松。

（沈約〈懷舊詩傷王融〉）

　　本生潮汐池，落景照參差。汀洲蔽杜若，幽渚奪江蘺。

　　遇君時採擷，玉座奉金巵。但願羅衣拂，無使素塵彌。

（謝朓〈同詠坐上所見一物席〉）

　　絕訝梅花晚，爭來雪裡窺。下枝低可見，高處遠難知。

　　俱羞惜腕露，相讓到腰羸。定須還剪綵，學作兩三枝。

（蕭綱〈雪裡覓梅花詩〉）

藉著這幾首詩說明聲律由永明體至宮體的發展都還在一聯內平仄相對的關係上用心，但這種整首每聯兩兩相對的詩例也只是少之又少的特例，其他大部分作品在句與句間的平仄安排，還充滿多樣的實驗性。所以說律調在此一階段只能算是粗淺的萌芽期而已，四聯平仄黏對穩當的律體在這時尚未出現。

　　顯著的變化要到梁、陳之際才出現，例如庾肩吾、庾信、徐陵等人的作品比沈約時代改善之處，在於不但一聯內符合「對」的比例增加（47%→60%↑），聯與聯間符合律調相黏原則的比例也大幅提高到近半數（18%→50%左右）。他們不但遵守一聯內平仄相對的原則，同時也注意到兩聯之間也須變化，第一聯對句與第二聯出句以平仄相黏的方式結合，才能造成兩聯間平仄組合相反，否則四聯的平仄組合將

會出現重複的情形。此時聲律考究的視野終於擴及至聯與聯間的安排，聯與聯間的平仄要以什麼方式組合，雖然還不穩定，但是可以在此現不少接近律調的作品，如：

九江逢七夕，初弦值早秋。天河來映水，織女欲攀舟。

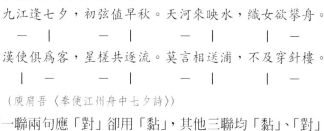

漢使俱爲客，星槎共逐流。莫言相送浦，不及穿針樓。

（庾肩吾〈奉使江州舟中七夕詩〉）

按：第一聯兩句應「對」卻用「黏」，其他三聯均「黏」、「對」合律。
〔註33〕

三川羽檄馳，六郡良家選。觀兵細柳城，校獵長楊苑。

驚雉逐鷹飛，騰猿看箭轉。鳴笳河曲還，猶憶南皮返。

（庾信〈冬狩行四韻連句應詔詩〉）

按：第一聯與第二聯之間失黏，其他黏、對皆合。〔註34〕

羅浮無定所，鬱島屢遷移。不覺因風雨，何時入後池。

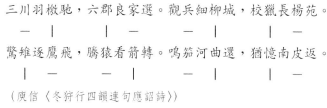

樓臺非一勢，臨翫自多奇。雲生對戶石，猿挂入欄枝。

（徐陵〈奉和山池〉）

按：第三聯與第四聯之間失黏，其他合律。〔註35〕

　　這些五言八句詩除了在一處黏、對還不穩之外，大致上可說相當接近律詩的調律。而完全合乎律詩黏、對規則的作品，也開始出現，例如：

〔註33〕庾肩吾近律詩例尚有：〈洛陽道〉、〈愛妾換馬〉、〈侍宴餞湘東王應令〉、〈贈同處士詩〉、〈春日詩〉、〈七夕詩〉、〈賦得山詩〉。

〔註34〕庾信近律詩例有：〈和靈法師遊昆明池詩二首之一〉、〈奉和永豐殿下言志詩十首之五〉、〈和趙王看妓詩〉、〈詠畫屏風詩二十五首之二十三〉、〈梅花詩〉、〈贈周處士詩〉。

〔註35〕徐陵近律詩有：〈別毛永嘉詩〉。

沐道逢將聖，飛殤屬上賢。仁風開美景，瑞氣動非煙。
秋樹翻黃葉，寒池墜黑蓮。承恩謝命淺，念報在身前。
（庾肩吾〈侍宴詩〉）

歲序已云殫，春心不自安。聊開柏葉酒，試奠五辛盤。
金薄圖神燕，朱泥卻鬼丸。梅花應可折，倩爲雪中看。
（庾肩吾〈歲盡應令詩〉）

細柳望蒲臺，長河始一迴。秋桑幾過落，春蟻未曾開。
縈角非難御，摧輪稍可催。只言千日飲，舊逐中山來。
（庾信〈蒲州刺史中山公許乞酒一車未送詩〉）

度橋猶徒倚，坐石未傾壺。淺草開長坪，行營繞細廚。
沙洲兩鶴迴，石路一松孤。自可尋丹竈，何勞憶酒壚。
（庾信〈詠畫屏風詩二十五首之十六〉）

嫋嫋河堤樹，依依魏主營。江陵有舊曲，洛下作新聲。
妾對長楊苑，君登高柳城。春還應共見，蕩子太無情。
（徐陵〈折楊柳〉）

昔有北山北，今餘東海東。納涼高樹下，直坐落花中。
狹徑長無跡，茅齋本自空。提琴就竹條，酌酒勸梧桐。
（徐陵〈內園逐涼〉）

雖然在眾多詩作中合律的作品只屬於鳳毛麟角，但這對於五言律體在
南北朝末期的進展具有特別的意義，這代表合乎律調聯與聯間「相黏」
的試驗已經開始了，出現不少近律的詩歌可以爲證。詩歌聲律由開始
僅注意一聯內的平仄變化，擴及到注意聯與聯間的結合，但這也只是
個開始，眞正成爲定體則尚待初唐人的努力。

（二）初唐五言八句詩「黏」、「對」情形

人　名	唐太宗	上官儀	盧照鄰	楊炯	王勃	駱賓王	李嶠	杜審言	宋之問	沈佺期	陳子昂
應「對」數	200	36	132	56	140	280	624	112	368	256	204
應「黏」數	150	27	99	42	105	210	468	84	276	192	153

符合「對」的聯數	139	23	104	46	112	210	521	103	275	194	108
百分比	70%	64%	79%	82%	80%	75%	83%	92%	75%	76%	53%
符合「黏」的聯數	71	8	49	34	62	126	378	74	203	141	60
百分比	47%	30%	49%	81%	59%	60%	81%	88%	74%	73%	39%
完全合「黏」「對」首數	6	0	3	7	5	12	72	19	38	30	4

　　初唐約一百年我們大致可分成三階段來看，每一階段藉著分析幾位代表性作家的作品，觀察律調在初唐的發展情形。

　　第一階段以上官儀的死年（西元 664 年）為斷限。歷來對初唐詩的評價不外於「唐興詩人承陳隋風流，浮纂相矜。至宋之問、沈佺期研揚聲音，浮切不差，而號律詩。」（《新唐書・杜甫傳》）「唐自景雲（710）以前，詩人猶習齊、梁之氣。」（《蔡寬夫詩話》）初唐詩繼承南朝風尚，可從兩方面言之：一是題材內容，二是格律技巧。〔註36〕初唐詩的直接傳承是梁、陳以來流行的宮體、應制詩，這可從初唐詩中宮體及應制詩數量之多得知，當然也因此繼承了宮體綺纂浮豔，應制詩歌功頌德的內容。重大節日應詔醧宴、奉和賦詩，這是初唐宮廷文學活動的重要娛興節目，而這類詩的特點通常有三：一是詞藻綺媚華美，借以顯示自己的學識才華。二是內容上極盡歌頌清明的政治太平盛況，以博取帝王的歡心。三、由於是群體創作，格律結構必須符

〔註36〕此時雖有反對齊、梁詩風的聲浪，如魏徵云：「梁自大同以後，雅道淪缺，漸乖典則，爭馳新巧。簡文、湘東，啓其淫放；徐陵、庾信，分路揚鑣。其意淺而繁，其文匿而彩，詞尚輕險，情多哀思。格以延陵之聽，蓋亦亡國之音乎！」（見《隋書・文學傳序》）仔細分析，他們所反對的是南朝末期那種輕纂頹傷的詩歌內容，而不是它的形式技巧，魏徵等代表唐王朝統治者的立場觀點，著眼於政治現實的需要，引導詩歌朝重視內容的健康方向發展，革新的焦點在寫什麼內容上，並非在使用何種形式體裁，所以繼續陳、隋以來發展的近體聲律並沒有受到阻礙。

合一般成規。關於第三點也是本節所重視的，南朝宮體及應制詩在格律方面對初唐詩的影響更是不容小覷。這整個傳承過程，明人高棅在其所編的《唐詩品彙》關於五言近體部份的序言，有一段很好的論述，現節錄於下以供參證：

> 律體之興雖自唐始，蓋由梁陳以來儷句之漸也。梁元帝五言八句已近律體，庾肩吾除夕律體工密，徐陵、庾信對偶精切，律調尤近。唐初工之者眾，王楊盧駱四君子以儷句相尚，美麗相矜，終未脫陳隋之氣習。神龍以後，陳杜沈宋蘇頲李嶠二張說九齡之流相與繼述，而此體始盛，亦時君之好尚矣。凡四時遊幸諸文臣學士給翔麟馬以從，或在禁掖或出離宮，或幸戚里，或遊蒲萄園，登慈恩塔，或渭水祓除，驪戈賜浴，即有燕會，天子倡之，群臣皆屬和。由是海內詞場奄然相習，故其聲調格律易於同似。〔註37〕

初唐第一階段有名的作家如虞世南（558～638）、李百藥（565～648）、許敬宗（592～672）、楊師道（？～647）、上官儀（608？～664）等都是由隋入唐的人，在唐的文學活動主要在太宗貞觀年間及高宗初期。由唐太宗及上官儀五言八句詩的律調分析結果看來，沿襲陳隋的跡象顯而易見，他們在個別的「黏」、「對」比例上與庾肩吾、徐陵十分接近。完全合乎律調黏、對和諧的詩也很稀少（唐太宗 6 首，上官儀甚至沒有）。有不少近律的詩，但是總在一處「失黏」，例如：

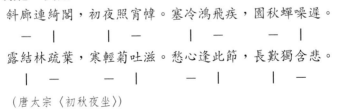

（唐太宗〈初秋夜坐〉）

按：第二聯與第三聯間失黏。〔註38〕

〔註37〕見高棅《唐詩品彙》，台北：學海，1983 年 7 月，頁 506。
〔註38〕唐太宗一處失黏的詩尚有：〈傷遼東戰亡〉、〈冬日臨昆明池〉、〈望

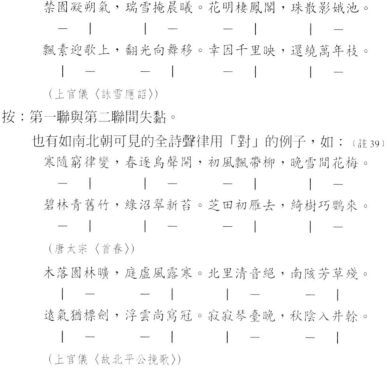

（上官儀〈詠雪應詔〉）

按：第一聯與第二聯間失黏。

也有如南北朝可見的全詩聲律用「對」的例子，如：〔註39〕

（唐太宗〈首春〉）

（上官儀〈故北平公挽歌〉）

這反應此時期詩歌聲律的發展在於承襲並非創新。五言律詩不可犯的「平頭」病（上句與下句第二字不可同平或同反），元兢說：「今代文人李安平、上官儀，皆所不能免。」（《文鏡秘府論校注》，頁 478）為當時人所爭相倣效的「上官體」都不免出錯，〔註40〕可見在律調的穩順黏、對上，還沒有一個必須嚴格遵守的規矩。

雪〉、〈春池柳〉、〈芳蘭〉、〈賦得殘菊〉。

〔註39〕 全詩用「對」的詩例尚有唐太宗：〈帝京篇十首之五〉、〈過舊宅二首之一〉；上官儀〈高密長公主挽歌〉。

〔註40〕 《舊唐書》卷八十〈上官儀傳〉云：「本以詞采自達，工於五言詩，好以綺錯婉媚為本。儀既貴顯，故當時多有效其體者，時人謂為『上官體』。」（頁 2743）由這段話看來，「上官體」的特色在於詞采的綺錯婉媚，並非聲律上的調宮諧商，所以「上官體」也只能說是南朝詩風在初唐的延續，對於五言律體律調的演進並無創進之功。

　　第二階段的代表作家有盧照鄰、﹝註41﹞楊炯、﹝註42﹞王勃、﹝註43﹞
駱賓王﹝註44﹞等初唐四傑，他們的文學活動主要在高宗（650～683）朝，
除了楊炯之外，其他三人在合「黏」及合「對」的比例上約比上一期提
高十個百分點左右。雖然完全合律的作品數依然偏低，但是加上近律的
「拗調」﹝註45﹞數，已佔作者五言八句式受檢總數的三至四成：

　　盧照鄰九首（包括三首合律）佔27%：〈酬楊比部員外暮宿琴堂
朝躋書閣率爾見贈之作〉、〈春晚山莊率題二首之一〉、〈益州城西張超
亭觀妓〉、〈芳樹〉、〈昭君怨〉、〈相如琴臺〉、〈石鏡寺〉

　　楊炯八首（七首合律）佔57%：〈劉生〉、〈驄馬〉、〈出塞〉、〈折楊

﹝註41﹞　盧照鄰（630？～685？）初在唐高祖子鄧王元裕府中任典籤（據《新
　　　　唐書·百官志》載：王府官設「典籤二人，從八品下，掌宣傳書教。」），
　　　　高宗龍朔二年（662）被任命爲新都尉（品秩爲從九品上階），後染
　　　　風疾去官，職位並不高。

﹝註42﹞　楊炯（650～693？）十歲舉神童，待制弘文館。上元三年（676）應
　　　　制舉，補校書郎。永淳元年（680）爲太子詹事司直，充崇文館學士。
　　　　垂拱元年（685）坐徐敬業起兵討武則天之累，出爲梓州司法參軍。
　　　　天授元年（690）與宋之問分直習藝館（《新唐書·百官志二》）：掖
　　　　庭局設：「宮教博士二人，從九品下。掌教習宮人書、算、衆藝。」
　　　　品秩亦極低下）。如意元年（692）出爲盈川令。

﹝註43﹞　王勃（650～675）未冠應舉及第，授朝散郎，沛土李賢聞其名，徵
　　　　爲府修撰，不久，因戲檄英王雞文被高宗下令逐出府。咸亨四年求
　　　　補虢州參軍，因匿殺官奴曹達案下獄，遇赦除名。

﹝註44﹞　駱賓王（619～684？）顯慶五年（660）爲道王李元慶府屬。乾封初
　　　　上書吏部侍郎李安期，由李推薦，入朝對策，拜奉禮郎，爲東台詳
　　　　正學士。咸亨元年（670）因事獲罪，乃從軍西行出塞，因兵敗滯留
　　　　蜀中。咸亨三年復從軍姚州，戰爭結束再返蜀中。上元元年（674）
　　　　返長安，先後爲武功、長安、明堂主簿，遷待御史。儀鳳三年（678）
　　　　冬因上疏言事觸怒武后，坐貶下獄。調露元年（679）遇赦，從裴行
　　　　儉討突厥。二年除臨海丞，不久辭官。後參加徐敬業幕府，隨徐起
　　　　兵討武則天，兵敗不知所終。
　　　　以上四傑資料參考《新唐書》《舊唐書》本傳及駱祥發《初唐四傑研
　　　　究》〈第一編初唐四傑生平行蹤〉及〈附錄：初唐四傑年譜〉，北京：
　　　　東方出版社，1993年9月。

﹝註45﹞　「拗調」是說詩中每句平仄基本合律，卻「失黏」的作品，即二、
　　　　三句，四、五句，六、七句應承而反。

柳〉、〈紫騮馬〉、〈戰城南〉、〈送楊處士反初卜居曲江〉、〈送樟州周司功〉

　　王勃十四首（五首合律）佔43%：〈聖泉宴〉、〈重別薛華〉、〈遊梵宇三覺寺〉、〈銅雀妓二首之一〉、〈易陽早發〉、〈散關晨度〉、〈麻平晚行〉、〈餞韋兵曹〉、〈白下驛餞唐少府〉、〈仲春郊外〉、〈郊興〉、〈山居晚眺贈王道士〉、〈春日還郊〉、〈傷裴錄事喪子〉

　　駱賓王二十四首（十二首合律）佔34%：〈於紫雲觀贈道士〉、〈玄上人林泉四首之三〉、〈鏤雞子〉、〈憲臺出縶寒夜有懷〉、〈詠雲酒〉、〈樂大夫挽詞〉五首、〈丹陽刺史挽詞三首之二〉、〈丹陽刺史挽詞三首之三〉、〈途中有懷〉、〈至分水戍〉、〈西京守歲〉、〈送費六還蜀〉、〈別李嶠得勝字〉、〈在兗州餞宋五之問〉、〈冬日宴〉、〈送郭少府探得憂字〉、〈送劉少府遊越州〉、〈同張二詠雁〉、〈詠雪〉、〈秋雁〉

　　楊炯合律的五言八句詩已高達半數以上，與上一期的作家甚至找不到一首合律的作品（如上官儀）比起來，可說精進多了。鄭振鐸說初唐四傑「引導開始了『律詩』的時代」〔註46〕一點也不過譽。

　　如果說元兢的「換頭」說代表著律調四聯的「黏」、「對」組合找到了正確的法則，等於說律調自此完成，這說法不見得是元兢的獨得之秘，必定是當時的詩人對這種法則在實際的作品創作中已有初步的掌握。根據王夢鷗考證《詩髓腦》成書的年代約在咸亨（670）以後至永隆（680）之間，〔註47〕而此時也正是四傑活躍的時代。四傑共同的特點是年少而才高、官小而名大，在詩律上的貢獻也正象徵律調發展的普及性，詩歌聲律的講究、精研不再是官高位顯，出入宮廷的

〔註46〕　見鄭振鐸《插圖本中國文學史》〈第二十三章隋及唐初文學〉，台北：莊嚴出版社，1991年1月，頁273。

〔註47〕　參考王夢鷗《初唐詩學著述考》〈第二章元兢之詩學著述〉云：「自咸亨以後，武后忌刻之意，一託於酷吏之手，羅織之獄，株連之禍，史不絕書。……武后用人，愛者恆加諸膝，惡者則墮諸諸淵；元兢既不在擢邊之列，疑其猶不待至永隆元年（680）李顯為皇太子時，即已遭譴斥逐於外。一沈風水，遂爾淪沒。誦其僅存於《文鏡秘府論》天卷之〈蓬州野望〉詩，差亦可證茲事之非虛。」（台灣：商務，1997年1月，頁68）。

文學侍臣的專利，而是一種普遍化的風向。

　　四傑中較值得注意的是楊炯。楊炯雖然與駱賓王、盧照鄰、王勃等三人並稱為「初唐四傑」，然而在年齡上他卻比駱賓王小三十一歲，比盧照鄰小二十歲，與王勃同年，但王勃英年早夭。因此楊炯的文學分期可比前三人稍晚，約當於高宗後期及武后專權時代，的同年輩是李嶠、杜審言、沈佺期、宋之問等文人。這一時期可視為進入初唐律調發展的第三階段，也是五言律調的成型期。

　　楊炯、李嶠、杜審言在合黏及合對方面的比例都超過了百分之八十，在黏、對組合上完全符合律詩形式的也幾乎佔受檢作品的一半，甚至還多：楊炯七首（50%）、李嶠最多共有七十二首（46%）、杜審言十九首（68%）、宋之問三十八首（41%）、沈佺期三十首（47%），這樣的記錄我們可說五言八句詩在律調方面確立了一個基本上為大家共同遵行的法則，隨著元兢「換頭」理論的流傳，愈來愈多作者瞭解律調，自屬必然之事。

　　另外，我們不得不注意在此階段律調發展中的一個異類——陳子昂（656～702？），雖然與沈、宋等工於律體的文人處於同一時代，但子昂詩無論單句或全詩的平仄組合，合律的比例顯然少得多。這與他的文學主張有關，陳子昂被喻為初唐齊梁詩風的改革者，〔註48〕他自己也在〈與東方史虬修竹篇序〉中大聲疾呼：

　　　　文章道弊五百年矣。漢、魏風骨，晉、宋莫傳，然而文獻
　　　　有可徵者。僕嘗暇觀齊、梁間詩，彩麗競繁，而興寄都絕，
　　　　每以永歎。〔註49〕

他反對齊、梁以來那種只重視詩文的形式技巧，而不重視內容的柔靡風氣，因而倡言復古，並且在創作也實踐自己的主張，在他的五十一首五言八句作品中，只有四首是完全合律的：〈元寺南樓因酬暉上人獨坐山

〔註48〕劉后村云：「唐初王、楊、沈、宋擅名，然不脫齊梁之體，獨陳拾遺
　　　　首倡高雅沖淡之音，一掃六代之纖弱，起於黃初、建安矣。(引自《唐
　　　　詩品彙》，頁74)。
〔註49〕引自《中國歷代文論選》上冊，木鐸出版，頁388。

亭有贈〉、〈題李三書齋〉、〈落第西還別劉祭酒高明府〉、〈送梁李二明
府〉，其他作品不僅僅是失黏、失對的問題而已，他的單句平仄不諧律
的比例就比其他詩人來得高，經常出現這種故意模仿古調的句子，如：

三五誰能徵 （－｜－－－）（〈感遇三十八首之一〉）

骨肉且相薄 （｜｜｜－｜）（〈感遇三十八首之四〉）

茫茫吾何思 （－－－－－）（〈感遇三十八首之七〉）

征旗空自時 （－－－｜－）（〈征東至淇門答宋十一參軍之問〉）

離堂思琴瑟 （－－－－｜）（〈春夜別友人〉）

不過也正因陳子昂是處於這律體初立的時代，所有的規則都還不夠穩固
到成爲金科鐵律，因此他才敢於擯棄這襲自齊、梁的文學體式。後代的
文人也只能在一、兩句間變化爲拗句，而不能像他一般完全不顧「律」
的規則。所以陳子昂對於近體聲律的態度應是「不爲也，非不能也。」

　　歷來對於律調確立的讚譽大都歸於沈佺期、宋之問，如錢木菴《唐
音審體》云：「律詩始自初唐，至沈、宋其格始備。」王世貞《藝苑巵
言》也說：「五言律，六朝陰鏗、何遜、庾信已開其體，但至沈、宋始
可稱律。」但是從律調的統計中，顯然沈、宋五言八句式合律的程度並
不如李嶠、杜審言，甚至四傑中的楊炯。有學者將律詩的成立，定在久
視元年（700）至中宗景龍四年（710）這十年間，[註50] 雖說一種文學
形式的形成並不能很明確的這樣斷限，但是此說並非完全沒有理論根
據。這期間初唐老一輩的詩人已經凋零，盛唐新一輩詩人尚未出現，而
這十年恰好是沈、宋與李嶠、杜審言、崔融、蘇味道等人創作活動的黃
金時代，《新唐書》稱宋之問所作詩篇「流布京師，人人傳誦」。沈佺期
與宋之問齊名，當時學者爭相宗尚，號爲「沈、宋」。律調的完成當然
不只是沈、宋的功勞，由本節所做的統計結果看來，恰可作爲支持此說
的力證。然而因爲沈、宋才高名揚，旺盛的創作時間恰好又是律調研究
的成熟階段，於是便把二人看成完成初唐詩律的代表人物了。

〔註50〕 參見洪順隆〈沈、宋詩歌在隋唐文學史上的地位〉《幼獅學誌》，第
　　　　十九卷第一期，1986 年 5 月，頁 32。

第五章　南北朝至初唐五言律詩對偶
　　　　　形式的形成

第一節　前　言

　　根據《新唐書‧宋之問傳》所言律詩的構成條件，除了「約句準篇」、「回忌聲病」之外，還要顧及「屬對精密」。關於律詩篇制、聲律等問題的討論已分別於前兩章述及，接下來本章將繼續討論律詩的對仗問題。

　　對偶的運用是中國語言、文學的特色，追溯它的歷史，遠至先秦諸子文章，詩經、楚辭都可看見對偶的形式。但是對於此時的作者在創作對句時，對對句作爲一種表現技巧是否有明確的意識，我們沒有詳實的資料可從知悉。劉勰《文心雕龍‧麗辭》篇說：「詩人偶章，大夫聯辭，奇偶適變，不勞經營。」認爲這些對偶是自然形成的，並非刻意經營的結果。然而到了六朝，無論是文章或詩歌，對偶已成爲表現的重點，並且開始出現對這種形式的議論文字，我們可以說作者對對句的運用已有了明確的意識是毫無疑問的。《南齊書‧文學傳論》卷三十三將當世的文章分成三類來批評：

　　　　今之文章，作者雖眾，總而爲論，略有三體。一則啓心閑繹，
　　　　託詞華曠，雖存巧綺，終至迂回。宜登公宴，本非准的；而
　　　　疏慢闡緩，膏肓之病，典正可採，酷不入情。……次則輯事

> 比類，非對不發，博物可嘉，職成拘制；或全借古語，用申
> 今情，崎嶇牽引，直為偶說，唯睹事例，頓失情采。……次
> 則發唱驚挺，操調險急，雕藻淫豔，傾眩心魂。

其中第二類所謂「緝事比類，非對不發」就是指齊梁文學喜用典、對
偶的風氣。

　　趙翼的《甌北詩話》也說：

> 自古詩十九首以五言傳，柏梁以七言傳，於是才士專以五、
> 七言為詩，然漢魏以來，尚多散行，不尚對偶。自謝靈運
> 輩，始以屬對為工，已為律詩開端。

對偶最洗煉成熟的表現是唐詩，尤其是律詩，而其開端則是晉宋謝靈
運等詩人的努力，真正認真的將對偶當成一種文學創作的技巧來注目
與關切。因此，我們研究律詩的對偶也由這裡作為斷限的起始。

　　而研究律詩的對偶，日本學者古田敬一的《中國文學的對句藝術》
一書將對句分成「形式對」與「意義對」二類來研究。「形式對」又
細分為字形、字音、連字、語位、句位、句法、篇法七個項目。「意
義對」是就對句的內容來分類，分成一、類似的對偶（相當於中國對
句裡的「同對」）；二、對照的對偶（「的名對」、「反對」）；三、總合
的對偶（「流水對」）；四、遞進的對偶（「合掌對」）。[註1]向來學者
的研究總著重於對偶的構成方式及種類，本文則不再絮言，而將焦點
放在一首標準的律詩中間兩聯必須對仗這形式的完成過程。

第二節　南北朝及初唐對偶理論之探析

一、劉勰《文心雕龍・麗辭篇》

　　「儷采百字之偶」講究對仗的南北朝詩人，將對仗技巧的巧妙多
變盡情展現在他們的作品中，然而對這方面的討論卻不多見。劉勰《文

―――――――――――――

〔註 1〕參見〈第二章對句的分類〉古田敬一《中國文學的對句藝術》，李淼
　　　　譯，台北：祺齡出版社，1994 年 9 月，頁 49～154。

心雕龍‧麗辭篇》是所見最早的對句理論，首先，他說明對偶的發生是自然界萬象的普遍原理，(「造化賦形，肢體必雙，神理爲用，事不孤立。」)並且述及對偶運用在文學創作上的發展。中國文學的對句形式表現得最精煉的是駢文和律詩，但是這種精美的典型並非憑空發生的，在尙書、詩經等散文及古詩中就偶然可見對句的形式。到了漢賦的發展，揚雄、司馬相如、張衡、蔡邕等人更是有意識地大量運用對偶。劉勰說他們「儷句與深采並流，偶意共逸韻俱發」，而直到魏晉群才「析句彌密，剖毫析釐」，對偶可說是更加精益求精了。

接著分析對句的難易優劣，他說：

麗辭之體，反有四對，言對爲易，事對爲難；反對爲優，
正對爲劣。

他把對句分爲四類，而其分類的標準都是從對句的內容方面來看。又可分爲兩組，一組依據是否使用典故，分爲「事對」與「言對」，另一組，依據描寫的內容是並列還是對比，分爲「正對」與「反對」。而這兩項分類標準並非截然劃分，互不相屬的兩個範疇，例如劉勰所舉「事對」的例子；宋玉神女賦云：「毛嬙障袂，不足程式；西施掩面，比之無色。」就是運用古代兩大知名美女毛嬙、西施的典故，來襯托神女的美貌，而其手法也可視爲「正對」，因爲兩個典故，事例雖然不同，其內容意義卻是一致的。再看「反對」所舉的例子：仲宣登樓云：「鍾儀幽而楚奏，莊舄顯而越吟。」利用鍾儀幽回，莊舄顯達二者的運用不同處境的故事，表達對故鄉的懷念，也可歸類爲「事對」。「事對」必須要有深厚的學問做根基才能游刃有餘，所以較難。「反對」與「正對」，劉勰的評價是以「反對」爲優，對立內容的對比技法比相同內容爲高。「正對」的濫用有時會造成辭意的重出，例如張華詩「遊雁比翼翔，歸鴻知接翮。」都是指大雁緊接著飛的意思，劉勰認爲這是對句的「駢枝」，不足爲取。這說法也等同於後世詩評家所說的「合掌對」，其內容如手掌相合一般完全相同，「合掌對」是繁冗的表現，在意思上完全沒有進展，因此而被否定。

劉勰是第一個以研究者的姿態來評判當時流行的駢辭偶句，自有其貢獻，然而他對對偶提出的四種分類，只能算是粗枝大系，不能涵蓋所有的對句形式。隨著詩律的發展，對偶理論的發展也愈詳密精細。

二、上官儀、元兢、崔融之對偶理論

初唐是新體律詩建立的重要階段，而此時的詩學著作，根據王夢鷗《初唐詩學著述考》的考訂，有上官儀《筆札華梁》、元兢《詩髓腦》、崔融《新定詩體》，三人的年世大約相承（上官儀 607～664）、元兢（西元 661 年為周王府參軍）、崔融（653～706），這一百年也正是初唐律詩承續齊梁以來的體製，由發煌而至定體的時間，這幾部書也就成為研究當時五言新體詩格律技巧的重要著作。王夢鷗說：「其（初唐）詩體既沿江左遺風，而詩學之所發明者，亦即為齊梁體之分析。」除了齊梁興起的「聲病」研討外，他們也致力於對偶構造原則的分析。在創作上，初唐詩用對偶的風氣並不稍歇，對對偶理論的研析也更精細，上官儀提出「十對說」〔註 2〕元兢也有「八對」說，崔融則有「九對」說。這些「對」法的內容或有重複，或有個人的創設之處，無論如何，比起劉勰的「四對」，可見對對偶名目及構成法則的瞭解也愈來愈精微。

以下就以《文鏡秘府論》所載，說明上官儀、元兢、崔融所提出的對偶理論，現將三人提出的屬對法序列如下，並解釋每種對法的意義內涵：

> 上官儀十對：一曰正名，二曰隔句，三曰雙聲，四曰疊韻，五曰聯綿，六曰異類，七曰回文，八曰雙擬，九、首尾不對，十、總不對對。

〔註 2〕一般認為上官儀有「八對」說，但《魏文帝詩格》（學者已考訂《魏文帝詩格》為上官儀《筆札華梁》之訛托）除言八對外，尚有「首尾不對」及「俱不對」兩例，亦見於《秘府論・論二十九種對》之第二十八、二十九種，因此說上官儀《筆札華梁》之論對屬應有十種。

元　兢八對：一曰正對，二曰異對，三曰平對，四曰奇對，五曰
　　　　同對，六曰字對，七曰聲對，八曰側對。

崔　融九對：一曰切對，二曰切側對，三曰字對，四曰字側對，
　　　　五曰聲對，六曰雙聲對，七曰雙聲側對，八曰疊韻
　　　　對，九曰疊韻側對。

（一）正名對：（《秘府論》稱「的名對」，元兢稱「正對」，崔
　　　融稱「切對」）

崔融釋義：象物切正不偏枯〔註3〕

上官儀舉例曰：如「天地、日月」之相對，詩例如：「東圃青
梅發，西園綠草開。砌下花徐去，街前絮緩前。」東←→西、園←
→圃、青←→綠、梅←→草、開←→發、砌←→階、前←→下、花
←→絮、徐←→緩、來←→去，等都是同類字詞相對（如東西為方
位詞，梅草同為植物類。），甚至是同義字相對，如園、圃、青、
綠、開、發……。

元兢曰：「正對者，若『堯年』、『舜日』。堯、舜皆古之聖君，名
相敵，此為正對。若上句用聖君，下句用賢臣；上句用鳳，下句還用
鸞：皆為正對也。若上句用松桂，下句用蓬蒿；松桂是善木，蓬蒿是
惡草：此非正對也。」元兢對「正對」的界定似乎比上官儀更嚴格。
「松桂」、「蓬蒿」雖同為植物，然代表喻義、地位不相稱，就不可稱
為「正對」。

（二）隔句對：第一句與第三句對，第二句與第四句對。

上官儀《筆札華梁》詩例：昨夜越溪難，含悲赴上蘭。今朝越嶺
易，抱笑入長安。

（三）雙聲對

上官儀詩例：秋露番佳菊，春風馥麗蘭。

〔註3〕見《吟窗雜錄》〈李嶠評詩格〉亦即崔融之《唐朝新定詩格》（據王
　　　夢鷗《初唐詩學著述考》考訂。）

「佳菊」、「麗蘭」雙聲字詞相對，其他例如：奇琴、精酒、黃槐、綠柳……等均是。

崔融詩例：洲渚遞縈映，樹石相因依。其中的「縈映」、「因依」雙聲相對。

（四）疊韻對

《筆札》詩例：放蕩千般意，逍遙一個心。

「放蕩」、「逍遙」疊韻字相對，其他例如：徘迴、窈窕、眷戀等均是。

崔融詩例：郁律構丹爐，陵層起青嶂。「郁律」、「陵層」是。

（五）聯綿對：一句之中，第二字、第三字是重字。

《筆札》詩例：看山山已峻，望水水仍清。聽蟬蟬響急，思鄉鄉別情。

（六）異類對

《筆札》詩例：天清白雲外，山峻紫微中。鳥飛隨去影，花落逐遙風。

上句安天，下句安山；上句安雲，下句安微；下句安鳥，下句安花…，非是的名對，異同此類，故言異類對。

元兢曰：「異對者，若來禽、去獸、殘月、初露」此「來」與「去」，「初」與「殘」，其類不同。

異類對在對偶的分類標準上是與正名對站在同一基準，都是就意義內容來看，意義相近或物類等同的相對叫「正名對」，不同或相反的稱「異類對」。

（七）回文對

《筆札》詩例：親情由得意，得意遂情親。新情終會故，會故亦經新。〔註4〕

〔註4〕古田敬一：《中國文學的對句藝術》曰：「情親」與「得意」二字的

（八）雙擬對

《筆札》詩例：夏暑夏不衰，秋陰秋未歸。炎主炎難卻，涼消涼易追。

此對與「聯綿對」不同之處在於相同的兩字位置分離不相連。一句之中所論，假令第一字是「秋」，第三字亦是「秋」，二「秋」擬（並列之意）第二字。

（九）首尾不對

《筆札》詩例：顏之推〈從周入齊夜度砥柱〉：「俠客倦艱辛，夜出小平津。馬色迷關吏，雞鳴起戍人。露鮮花漸影，月照寶刀新。問我將何去，北海就孫賓。」

（十）總不對對

《筆札》詩例：沈約〈別范安成〉：「平生少年日，分手易前期。及爾同衰暮，非復別離時。勿言一樽酒，明日難共持。夢中不識路，何以慰相思。」

（十一）平　對

元兢曰：若青山綠水，此平常之對。

（十二）奇　對

元兢曰：若馬頰河熊耳山；此「馬」、「熊」是獸名，「頰」、「耳」是形名，既非平常，是為奇對。

（十三）同　對

元兢曰：若大谷、廣陵、薄雲、輕霧；此「大」與「廣」，「薄」與「輕」，其類是同。

（十四）字　對

元兢曰：若桂楫、荷戈，「荷」是負之義，以其字草名，故與「桂」

連詞其位置在上句與下句中相逆，像這樣詞語的流程從上到下，又從下到上迴環往復，因此而構成的對偶就是迴文對。頁70。

相對；不用義對，但取字爲對也。

崔融曰：義別字對是。詩曰：山椒架寒霧，池篠韻涼飆。「山椒」即山頂也；「池篠」傍池竹也。

（十五）聲　對

元兢曰：若曉路秋霜；「路」是道路，與「霜」相對，以其與「霧」同聲故。

崔融曰：字義俱別，聲作對是。詩曰：初蟬韻高柳，密蔦掛深松。「蔦」草屬，聲即與鳥同，故以對「蟬」。

（十六）側　對

元兢曰：若「馮翊」地名，在左輔也。「龍首」山名，在西京也。此爲「馮」字半邊友「馬」，與「龍」相對；「翊」字半邊有「羽」，與「首」相對。

崔融曰：謂字義俱別，形體半同是。詩曰：玉雞清五洛，瑞雉映三秦。「玉雞」與「瑞雉」是。

（十七）切側對

崔融曰：精異粗同是也，詩曰：「浮鐘宵響徹，飛鏡曉光斜。」「浮鐘」是鐘，「飛鏡」是月，粗者似皆指「物」之對，但精思之，一爲實物，一爲借喻之物，二者的對偶實著眼於文字的構造皆有「金」的偏旁，故云「切側對」。此與「側等」不同，「切側對」只需拆開一個字就可以，用不著上、下兩字全拆開。

（十八）雙聲側對

崔融曰：字義別，雙聲來對是。詩曰：花明金谷樹，葉映首山薇。「金谷」與「首山」字義別，同雙聲側對。

二者意義上不成對偶，但二詞都是雙聲，只在這點上成對偶。有「雙聲側對」，同理有「疊韻側對」。

（十九）疊韻側對

崔融曰：字義別，聲名疊韻對是。詩曰：平生被蠦帳，窈窕步花庭。「平生」、「窈窕」是。

劉勰將對偶分成四類，而到初唐上官儀、元兢、崔融更將對偶的形式細分到意義內涵不相同的十九類，在對偶的分類原則上更顯複雜。除了意義上的對偶外，也可從句位、字音、字形等方面要求對偶。以下的簡表可方便我們看出各個對偶分類原則的差異，及個人在對偶理論上的創進：

分 類	原 則	文心雕龍麗辭篇 四　對	筆札華梁 十　對	詩髓腦 八　對	新定詩體 九　對
意義封	不用典	言對			
	用 典	事對			
	等 義	正對	正名對	正對	切對
	反 義	反對	異類對	異對	
	同 義			同對	
	常見義			平對	
	罕見義			奇對	
形式對	句 位		隔句對		
	字 音		雙聲對		雙聲對
					雙聲側對
			疊韻對		疊韻對
					疊韻側對
				聲對	聲對
	字 形			字對	字對
				側對	字側對
					切側對
	連 字		聯綿對		
			雙擬對		
	語 位		回文對		
	篇 法	首尾不對對			
		俱不對對			

第三節　律前五言八句式對偶位置之運用

　　五言詩在南北朝最重要的發展，就是出現格律化的傾向。篇制趨於短小，律調逐步形成，都是五言詩律化的主要標示。與此同時，以五言八句式為篇制基礎，五言詩的對偶位置也表現出趨於穩定的傾向，並逐漸形成某些固定的模式。筆者依據逯欽立輯校的《先秦漢魏晉南北朝詩》中記載的謝靈運、鮑照、沈約、謝朓、吳均、蕭綱、蕭繹、庾肩吾、庾信、徐陵等南北朝重要的詩人，對他們的五言八句詩對偶位置進行考察，現將所得結果記錄如下：

對偶情形 / 對偶位置	對一聯				對二聯				對三聯			對四聯	五言八句式用對偶的詩	五言八句式存詩總數
	首	頷	頸	尾	前二	中二	後二	其他	前三	後三	其他			
謝靈運					3	3		1	1	3	1	2	14	15
鮑照	1	2			1		2	1	2	1	2		14	16
沈約	1	1	1		4	8		3	9	1	2	13	43	47
謝朓	2	1			3	6		4	16	3	1	6	42	43
吳均	1	10	6		2	30		1	11	2		2	65	66
蕭綱		3	2		2	17	1	2	15	8	2	19	71	71
蕭繹			1		1	7		1	5	4	1	9	29	30
庾肩吾						4			9	4		11	28	28
庾信	1		4		1	6		1	24	5		39	81	81
徐陵		2	2	1		5		2	8			4	24	24
總計	6	19	16	1	17	86	3	16	100	31	9	107	411	421

　　此表雖然不足囊括所有南北朝的五言八句詩對偶情形，不過經過觀察這幾位具有代表性詩人的作品，仍然可看出五言八句式對偶形式發展的重要訊息。五言律詩的另一個重要特徵，就是中間兩聯用對，首、尾聯不拘的對偶形式。但是從當時人發表的理論來看，並沒有任何人對五言八句式詩對偶的位置發表過意見，更不用說提出中間兩聯用對的主

張了。那麼，爲什麼詩人們寫作律詩喜好在中間兩聯用對？對偶集中在八句式中間兩聯的意義何在呢？這就是本節所要探討的問題。

　　若就律詩形式的發展而言，排偶的注重比聲律的講究更早，清人錢本菴說：「晉，排偶之始也；齊、梁，排偶之盛也；陳、隋，排偶之極也。」（《唐音審體》）大致說出排偶發展的幾個階段。魏晉以來，俳偶之風始盛，詩人作詩，大都語不單行，用對偶惟務其多，崇尚以多取勝。謝靈運〈登池上樓〉即全篇用對偶：

> 潛虬媚幽姿，飛鴻響遠音。薄宵愧雲浮，棲川怍淵沈。
> 進德智所拙，退耕力不任。狗祿反窮海，臥痾對空林。
> 衾枕昧節候，褰開暫窺臨。傾耳聆波瀾，舉目眺嶇嶔。
> 初景格緒風，新陽改故陰。池塘生春草，園柳變鳴禽。
> 祁祁傷幽歌，萋萋感楚吟。索居易永久，離群難處心。
> 持操豈獨古，無悶徵在今。

齊、梁以來，人們對詩中對偶的作用更加重視，蕭繹說：「作詩不對，本是吼文，不名爲詩。」〔註5〕蕭子顯也說：「今之文章」約有三體，其中一體就是「輯事比類，非對不發。」（《南齊書》卷三十三〈文學傳論〉），從作品中也可得印證，上表筆者所檢視的 421 首五言八句詩，就有 411 首使用對偶，可見對偶風氣的普遍與盛行。

　　但是，這時由於五言詩篇制的趨於短小，尤其是五言八句式的湧現，對五言詩的對偶產生了重要的影響。因爲，這些短小的形式已不具備長篇以多取勝的對偶條件，即使全篇用對也不過四、五聯，由於篇幅的限制，使得詩人在使用對偶時，不得不考慮到少而精的問題。一首詩中用對偶句或單行句在作品的具體效果，有很大的區別，劉勰《文心雕龍‧麗辭篇》討論對偶，就建議一首詩最好能「迭用奇偶，節以雜佩。」即散行與對偶「迭用」，不再熱衷於多用對偶。

　　當詩人們開始具有詩中選擇使用對偶的創作意識後，首先面臨的就是該選擇那幾聯用對的問題了。在五言八句式詩中，詩人們既可以

〔註5〕見《文鏡祕府論》南卷〈論文意〉轉引，蕭繹《詩評》，頁364。

選擇三聯用對，也可以選擇一聯用對；即使兩聯用對，其對偶的位置
也存在著多種組合的可能性。但是在筆者實際觀察南北朝人的作品之
後，發現對偶的位置集中於三種表現方式；最多的是四聯皆對，共有
107 首；其次是對前三聯，有 100 首；再其次是對中間兩聯，有 87
首。這樣的結果，事實上與南北朝寫作宮廷詩（題材包括宮廷游宴的
寫景詩、宮體、詠物）有關係。

　　宮廷詩在章法上的處理特性，限制了五言八句詩的對偶位置，並
且造成它以中間兩聯用對的基本模式。在本論文第二章筆者曾就宮廷
詩的章法特性提出三部式的結構模式，即首聯爲背景處理，如果是游
宴詩，通常是交待出遊的動機或者時間、地點；如果是詠物詩，則提
出所詠的對象或者所處的環境。中間兩聯是景象的描繪，如果是游宴
詩，這兩聯通常寫詩人於游賞中所見所聞的景物；如果是詠物詩，則
以各種角度來寫吟詠對象的形貌。由於視眼對造型的掌握比心靈的活
動反應快，因此具體物象的塑造比抽象情感的表達容易產生對稱關
係，這兩聯因此也就成了對偶表現的精華所在。尾聯照例要總結概
況，通常是個人觀點、意見的表達或情感的抒發，在創作習慣上用散
行勝於駢偶。以下試舉例印證說明：

> 萌開撐已垂，結葉始成枝。
> 繁陰上蓊茸，促節下離離。
> 風動露滴瀝，月影影參差。
> 得生君戶牖，不願夾華池。（沈約〈詠簷前竹〉）

按：沈約這首詩，並沒有深刻的寄託，只是把竹子當成客觀的審美對
象來觀賞，其手法猶如替這簷前之竹畫了一幅素描圖畫。首聯寫竹子
的初生，竹莖脫去笋殼拔地而出，並慢慢抽出嫩枝。中間四句以對偶
句進一步描寫綠竹的姿態和風韻。竹林漸變得枝葉繁茂，亭亭如蓋，
在清風明月的舞弄下有露珠滴瀝，竹影參差。按照這一思緒寫來，尾
聯該是詩人的讚美之語，詩人採用簷竹自訴的方式，表達簷竹不慕風
華，惟願長生君前的動人情意，用單句散行的方式結尾。

　　　　杏梁斜日照，餘輝映美人。

　　　　開函脫寶劍，向鏡理紈巾。

　　　　游魚動池葉，舞鶴散階塵。

　　　　空嗟千歲久，願得及陽春。（蕭綱〈擬落日窗中坐〉）

按：首聯按例描繪出事件的開場，交待時間、地點、人物——在落日餘輝的照映下，美人獨坐窗前。接下來中間的兩聯對仗，一寫美人理妝的情態，一寫院中的景物，這兩聯在詩意的銜接上顯得相當突兀，即使是并列式的景象描寫由美人的動作，到室外甚至遠至池中「游魚動池葉」，畫面也拉得太遙遠，中間沒有任何呼應轉折之處，這種不成熟的結構安排方式，更反應出齊、梁人為對偶而對偶的生硬手法。尾聯則離開景象的敘述，道出人物的心靈活動。

這些詩，首尾聯散行，中間兩聯對偶，其界限分明，判若涇渭，顯然是為了適應宮廷詩特定的章法結構安排方式而決定的。南北朝的五言八句詩因為具有題材的長期穩定性及作者處理手法的一致，是造成對偶集中在中間兩聯的最主要原因。

　　不過，這只是就一般的狀況而言，南北朝的五言八句式並不一定是每首都是依據層次分明的三部式結構來寫作的。例如蕭繹的〈泛蕪湖〉：

　　　　桂潭連菊岸，桃李映成蹊。

　　　　石文如濯錦，雲飛似散珪。

　　　　橈度菱根反，船且荇枝低。

　　　　飄隨迎雨燕，鼓逐伺潮雞。

這首詩，每一句都是一幅美麗的景象，在詩意的層次上是平行的關係，由於具體的物象較容易對偶，因此四聯皆用對。這種寫作方式與宮廷文學集團的創作態度有關，玩賞是他們的主要目的，因此也就不必在詩中表達濃烈的情感或深刻的哲理，山水景物才是歌詠的主要對象，於是常有通篇四聯俱是寫景的作品，茲舉數例如下：

　　　　玲瓏繞竹澗，間關通檟藩。

　　　　缺岸新成浦，危石久為門。

北榮下飛桂，南柯吟夜猿。

暮流澄錦磧，晨冰照彩鸞。（蕭綱〈山齋詩〉）

瑞雪墜堯年，因風入綺錢。

飛花灑庭樹，凝瑛結井泉。

寒光晦四極，同雲暗九天。

已飄黃竹路，共慶白渠田。（庾肩吾〈詠花雪詩〉）

沉寥空色遠，葉黃淒序變。

洞浦落遵鴻，長飆送巢燕。

千秋流夕景，百籟含宵囀。

峻雉聆金柝，曾臺切銀箭。（庾信〈和潁川公秋夜詩〉）

這也是此時四聯俱用對的詩佔大多數的原因，它是在特定的文學背景下的產物。這種全篇用對的形式，固然精緻凝煉，但組織結構毫無變化，不免顯得平板呆滯，在詩意上也沒有曲折承轉的關係，讀來似嫌乏味。於是，當文學風氣轉移之後，這種創作形式也就漸漸式微了。

　　基本上，對偶的位置與寫景的運用有密切的關係。在筆者所觀察的詩例中，前三聯用對的例子不在少數，正是因為相同的原因。我們試舉數例來看：

樓上徘徊月，窗中愁思人。

照雪光遍冷，臨花色轉春。

星流時入暈，桂長欲侵輪。

願以重光曲，承君歌扇塵。（庾肩吾〈和徐主簿望月〉）

金華開八景，玉洞上三危。

雲袍白鶴度，風管鳳凰吹。

野衣縫蕙菜，山巾篸笋皮。

何必淮南館，淹留攀桂枝。（庾信〈入道士館〉）

纖纖運玉指，脈脈正蛾眉。

振躡開交縷，停梭續斷絲。

簷前初月照，洞戶朱帷垂。

弄機行掩淚，彌令織素遲。（徐陵〈詠織婦〉）

從章法安排的角度看，首聯通常必須介紹所題詠對象或者所處的環境，因此也容易以偶句發端。而這種首聯對仗的風氣，初唐時也依舊盛行，初唐四傑的五律作品中，首句用對的比例相當高，例如王勃30首五言律詩，其中就有20首是以前三聯對仗的形式寫成的，其詩如〈易陽早發〉：〔註6〕

　　飭裝侵曉月，奔策候殘星。

　　危閣尋丹嶂，回梁屬翠屏。

　　雲間迷樹影，霧裡失峯形。

　　復此涼飆舉，空山飛夜螢。

這是一首行旅詩，首聯就用對仗來寫清晨整裝待發的狀態。相對來說，一首詩中首聯駢偶或散行的運用要比尾聯自由，除了對偶構成的難易程度有別之外，後來人逐漸體會出詩歌的組織結構應有變化之美，尾聯既然是詩意的總結，那麼在形式上也要與上面三聯有所區隔，因此五言律詩基本上大都以散行煞尾。所以王勃這首〈易陽早發〉，雖然也是以寫景的方式結尾，卻採用單句散行。總之，五言八句式對偶位置的選擇雖然一開始是受詩中景象塑造部分的影響，但是一旦形成固定的模式後，儘管唐人的詩歌題材、創作習慣已經改變，模式卻可以相沿不變，這時內容也要牽就形式。

　　當律詩的對偶模式形成之後，那麼形式與內容之間，往往形成互相牽制的關係，這可以由杜甫的這首詩例來看：

　　國破山河在，城春草木深。

　　感時花濺淚，恨別鳥驚心。

　　烽火連三月，家書抵萬金。

　　白頭搔更短，渾欲不勝簪。

這是杜甫令人傳誦千古的五律絕唱〈春望〉。精煉的景象塑造，使得感時思親的主題表達更為出色。這種塑照很顯然是經過嚴格錘煉後的結果，因為每一句都有周密的呼應：「感時花濺淚」著重表現眼睛所

〔註6〕王勃詩見《重訂新校王子安集》，1990年12月，山西人民出版社。

見,「恨別鳥驚心」則著重表現耳朵所聞,二者是虛擬的景象;「烽火連三月」承「感時」句,著眼於「時」,「家書抵萬金」則承「恨別」句,著眼於「別」,這兩句是寫當下的實況。於是這中間兩聯在內容上的對稱關可以圖表顯示如下:

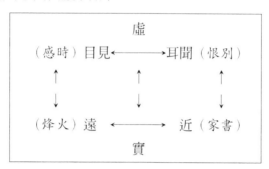

　　這結構可說嚴密至極,上承下啓,環環相扣。本來對偶的形式只是單純方便表現實際的物象,但是當律詩對偶形式確立了後,就是因爲有對偶的觀念,所以杜甫會在「花濺淚」之後立即想到「鳥驚心」;在「烽火」之後馬上選用「家書」;在上句「感時」之後會立刻聯想到「烽火」;因「恨別」而想到「家書」。這是一種平行的思維方式,一個意象出現後立即同時出現幾個可能相對應的意象與之比較,至於那一個意象較合呢?其衡量標準就以它的內容表現上適應對稱的程度而定了。

　　這種中間二聯對偶的寫作模式,即成構成五言律詩形式的正例。像李白〈夜泊牛渚懷古〉:

　　　　牛渚西江夜,青天無片雲。
　　　　登舟望秋月,空憶謝將軍。
　　　　余亦能高詠,斯人不可聞。
　　　　明朝掛帆去,楓葉落紛紛。

這首詩就形式上看,雖然平仄合律,卻俱不對偶,其內容的安排從身處牛渚、登舟、懷古、自述到明朝的展望,思維過程是以順時序方式進行。李白此詩內容表現方法並不是律詩的本色,因此儘管平仄合

律，仍被後人批評爲「平仄穩貼的古詩」。〔註7〕

　　從這裡也反映出對偶之於律詩的重要性，它同時也約束了標準律詩的章法結構模式。滿人吳喬《圍爐詩話》說：「古，謂不束於韻，不束於粘綴，不束於聲病，不束於對偶。」已把對偶與聲律等列，同視爲古體與律體的重要區別。

〔註 7〕楊愼《升菴詩話》云：「五言律，八句不對，太白、浩然集有之，乃是平仄穩貼古詩也。」，《歷代詩話續編》，丁福保輯，台北：木鐸，頁 661。

第六章　結　論

　　文學藝術的發展，可分爲外在關係與內在關係兩個研究方向：外
在關係即指文學與政治、經驗、哲學、宗教、社會風尙等方面的關係；
內在關係即是指文學本身的語言結構、風格等研究。五言律詩的體制，
即是在特殊的歷史背景下，經過長時間，許多人的實驗陶鑄而成的。

　　南朝宋是中國詩歌發展的一個轉折時期，是「古之終而律之始也」
（陸時雍《詩鏡總論》）齊代便是中國詩歌繼承著宋代的轉折，正式
邁上格律化發展的時期。而這也是宮廷文學盛行的時代。從齊梁以至
初唐，五律形成的階段，可說是宮廷詩人掌握詩壇的時代。

《南史》卷七十二〈文學傳〉：
> 時主（武帝）儒雅，篤好文學，故才秀之士，煥乎俱集，
> 於時，武帝每所臨幸，輒命群臣賦詩，其文之善者賜以金
> 帛。是以縉紳之士，咸知自勵。

《梁書》卷八〈蕭統傳〉：
> 每遊宴祖道，賦詩至十數韻。…引納才學之士，賞愛無倦。

《梁書》卷四〈簡文帝紀〉：
> 引納文學之士，賞接無倦，恆論篇籍，繼以文章。

《陳書》卷七〈后妃傳〉：
> 後主每以賓客對貴妃等遊宴，則使諸貴人及女學士共賦新
> 詩，互相贈答。

《新唐書》卷二百二〈李適傳〉：

> 初，中宗景龍二年，始於脩文館置大學士四員，學士八員，直學士十二員，其後被選者不一。凡天子饗會遊豫，唯宰相及學士得從。春幸黎園並渭水祓除，則賜細柳圈辟厲。夏宴蒲萄園賜朱櫻。秋登慈恩浮圖，獻菊花酒稱壽。冬幸新豐，歷白鹿觀，上驪山，賜洛湯池，給香粉蘭澤。帝有所感，即賦詩，學士皆屬和。忘君臣禮法，惟以文華取勝。

由此可見此時詩文創作往往是君臣四時行樂、酒宴歌席之間的雅事，這種宮廷文學活動的方式使得作品的內容及形式容易趨於一致。因為生活環境的限制，他們的視野被局限在宮廷和藩鎮王府以內的種種事與物，以山水、詠物和艷情三大題材為詩歌的主要表現內容。而群體參與的創作方式，也容易造成形式的定體，因為固定的形式適宜比賽競藝，例如蕭子良的打銅缽立韻、蕭衍公宴限時賦詩，以及蕭綱等人在酒酣耳熱之餘即物賦詩的遊戲之作，無論是在篇制、遣詞、造句、用典或者立意構思，往往予人雷同之感。

更何況，就作品的內部結構言，一定的題材還要求要有與之相應的形式，當新體裁尚未成形之前，往往受內容和創作目的的支配，由於事、理、情、景、物各式各樣的內容，以及所欲表達的目的不同，詩人必須選擇一種最適當的形式來作為表達的方法。

就篇制而言：宮廷文人生活環境局限於宮廷池苑，題材十分狹窄，而游宴酬唱的餘興之作，也不需要多做個人情志的抒發，因此適宜用短小的篇幅來表現。透過謝靈運山水長篇及齊、梁新體的寫作技巧比較，更能明白詩歌篇制縮短的原因所在。謝靈運的山水詩側重在勾勒高山深谷中繁複的景物形貌，因此可以寫十幾二十句也不嫌匱乏，令人宛如閱讀一篇山水遊記。而齊梁新體寫景則強調精細，從雲日風煙花鳥的光色動態捕捉自然的氣韻，因此將詩意提煉得極為簡淨。筆者因此意識到詩意的提煉，與句法的靈活運用及辭藻的雕琢有關，例如庾信的〈奉和山池〉中「荷風驚浴鳥，橋影聚行魚。」兩句，以「浴」

和「行」這兩個動詞形容魚鳥在受驚前閒適自在的情態，又以「驚」和「聚」形容鳥爲荷間輕風驚動，魚被橋上行人所吸引的動態，不但準確地表現出魚鳥的形體特徵，而且透過動詞的疊用和活用，從一動一靜兩方面反襯出山池平日的清靜。在辭藻雕琢上的用心，可以舉色彩詞的提煉爲例，如庾肩吾〈尋周處士弘讓〉：「梨紅大谷晚，桂白小山秋。」以紅白兩色突出晚秋山中絢麗悅目的色調，這種通過精巧的煉字琢句，將意象提煉到能包含較大涵意的程度，也是造成篇幅縮小的重要因素。但是句法及修辭的研究是筆者力有未逮的課題，因此無法做更精細的論析，這也是本論題不足之處，有待來日補述。

齊、梁新體雖然傾向於短巧的體制，卻沒有固定句數，六句、八句、十句都是常見的體裁。那麼，五律爲什麼要以八句爲定體呢？從章法結構看，八句的長短正符合詩意的安排，既不過簡也不過繁，能得「賒促之中」。

再看律詩聲律的發展：五言律詩之所以言「律」，可見其聲律條件的重要性。後人對於「古體」與「近體」的判定，往往取決於一首詩合不合於近體的律調。篇幅與對仗的要求還不是那麼的絕對。就廣義的「律詩」定義而言，四句、六句、十句，甚至百韻以上的長律，只要合乎近體律調的要求，都可稱「律詩」。而對仗，宋人嚴羽《滄浪詩話・詩體》云：「有律詩徹首尾對者，有律詩徹首尾不對者。」可見對偶也並非「律詩」絕對必然的條件。但是聲調的要求卻是「律詩」不可少的構成要素。

中國詩歌向來講求音韻的和諧，但在「四聲」發明以前，講的是自然音韻，直至齊永明年間，沈約等人受了印度拼音文字輸入，及佛經轉譯的影響，發現了「四聲」，並有意識地將它運用在詩文創作中，使得文字調聲有規矩可循。對後來律詩聲調的形成有很大的貢獻。根據沈約在《宋書・謝靈運傳論》中提出的原則，「一簡之內，音韻盡殊；兩句之中，輕重悉異。」然沒有直接用平仄的名稱來論述詩律問題，但令人感受到聲調還有輕重相對比的兩個類別，這也透露了四聲

平仄二分化的傾向。並且強調每句的聲調應當相間錯落，上句和下句還得輕重相對，因此，律詩最基本的要求在一聯之內，上句與下句平仄必須相對的原則，恰是永明詩人最重要的發現。

　　但是在律調的實驗過程中，若是一直以「對」的觀念創作，不免顯得單調，於是「黏」的創作方式逐漸被人們接受。上聯對句與下聯出句的平仄必須相黏的理論，雖然最早見於初唐元兢的「換頭」說，但是在南北朝末期庾信、徐陵等詩人的創作中，就已可見大量試驗的跡象。可參考下表所附沈約至沈佺期等詩人五言八句式律調符合黏、對的創作情形。

南北朝詩人

人　　名	沈約	謝朓	蕭綱	蕭繹	庾肩吾	庾信	徐陵
符合「對」聯數百分比	47%	26%	47%	47%	62%	63%	65%
符合「黏」聯數百分比	18%	18%	30%	36%	55%	44%	49%
合律首數	0	0	0	0	2	2	2

初唐詩人

人　　名	唐太宗	上官儀	盧照鄰	楊炯	王勃	駱賓王	李嶠	杜審言	宋之問	沈佺期	陳子昂
符合「對」聯數百分比	70%	64%	79%	82%	80%	75%	83%	92%	75%	76%	53%
符合「黏」聯數百分比	47%	30%	49%	81%	59%	60%	81%	88%	74%	73%	39%
合律首數	6	0	3	7	5	12	72	19	38	30	4

從上表還可看出，初唐李嶠、杜審言、沈佺期、宋之問等人在律詩「黏」、「對」上的運用都已達百分之七十以上的比例，這一階段也被視為律詩律調真正成熟的時代。

　　再談對偶發展：由於漢字本身的特點，形成我國文字語言特有的一種表現形式——對偶，劉勰稱之爲「麗辭」，後人或稱之爲「對仗」。在我國古代文學作品中，對偶句早已被廣泛的運用，以最早的六藝之文來說，也可以找到不少對偶的句子，到了漢賦對偶句就更多了，六朝騈文更是刻意雕琢，以對爲工。到了唐代格律詩發達起來，尤其講究對仗，對於五言律詩對偶的運用，除了瞭解南北朝至初唐關於對偶理論的發展外，並且分析五律對偶位置大都集中在中間兩聯原因。這與南北朝詩人特定的寫作題材與處理方式有關。南北朝最常吟詠的詠物或宮體或寫景之作，都是具體的物象，容易塑造對偶的形式。而若以較成熟的三部式章法結構來創作，八句式的中間兩聯通常是做爲寫景或詠物詩的雛模之用，所以對偶也以這兩聯最爲精工。

　　最後要說明的是：雖然本論文的研究方式是將五言律詩的格律發展分別從篇制、聲律、對偶三方面來探討，但事實上，此三者在發展的過程中是相互制約影響的。就篇制與聲律的關聯來說，例如永明體著眼的問題，正是兩句十字間的諧調變化，所以齊梁新體詩篇幅雖短，句子卻無定數。到了律詩成立的時代，有了「黏」法，作者更須調整兩聯之間的關係，基於律調重複的原則，所以八句四韻便成了固定的格式，這也可從當「黏」式開始大量發展的時期，即梁、陳之際，也正是十句式急速衰減的現象獲得印證。所以聲律「黏」、「對」的發展，也與近體詩句數的固定和穩定有關。篇制與對偶的制約性必須透過章法結構的安排，當詩意沒有承轉時，對偶形式可以不斷擴增，對偶位置也不固定，而當詩歌講求嚴密的章法結構時，八句式中二聯對仗恰可造成平衡對稱的形式之美。而聲律與對偶的關係，則在於對偶的觀念，不僅表現於句法層面、意義層面，也可以是音律層面。律調講求的平仄相對，不也正是對偶觀念的體現嗎？在這三方面的制約下，八句遂成爲五言律詩固定的句數。這個形式，無論是在詩意安排、律調的組合或對仗的表現都是很好的體制。

參考引用書目

一、古籍部分

1. 《南史》《宋書》《南齊書》《梁書》《陳書》《隋書》《新唐書》《舊唐書》，台北：鼎文出版社，1980 年 3 月三版。

2. 《先秦漢魏晉南北朝詩》，逯欽立輯校，木鐸出版社。

3. 《補增六臣注文選》，台北：漢京文化，1983 年 9 月。

4. 《玉臺新詠》，徐陵編，北京：中華書局，1985 年 6 月。

5. 《庾子山集注》，庾信撰，倪璠注，北京：中華書局，1985 年 5 月初版二刷。

6. 《鮑參軍詩註》，鮑照撰，黃節註，台北：藝文印書館，1977 年 7 月三版。

7. 《何遜集注、陰鏗集注》，天津古籍出版社，1988 年 12 月。

8. 《樂府詩集》，郭茂倩編撰，台北：里仁書局，1981 年 3 月。

9. 《全唐詩》，上海古籍出版社，1990 年 4 月初版六刷。

10. 《駱臨海集箋注》，駱賓王撰，陳熙晉箋注，上海古籍出版社，1985 年 9 月。

11. 《楊炯集、盧照鄰集》，台北：源流出版社，1983 年 4 月。

12. 《重訂新校王子安集》，王勃撰，何林天校，山西人民出版社，1990 年 12 月。

13. 《李白集校注》，李白著，瞿蛻園等注，台北：里仁書局，1981 年 3 月。

14. 《杜詩鏡銓》，杜甫著，楊倫箋，台北：天工出版社，1988 年 9 月。

15. 《文心雕龍》，劉勰著，周振甫注，台北：里仁書局，1984 年 5 月。

16. 《詩品》，鍾嶸著，汪中注，台北：正中書局，1990。

17. 《文鏡祕府論》，（日）弘法大師撰，王利器校注，台北：貫雅文化，1991 年。

18. 《封氏聞見記》，封演，《叢書集成初編》，北京：中華書局，1985 年。

19. 《唐詩品彙》，高棅，台北：學海出版社，1983 年 7 月。

20. 《唐音癸籤》，胡震亨，台北：木鐸，1982 年 7 月。

21. 《藝苑卮言》，王世貞，《歷代詩話續編》，台北：木鐸出版社，1983 年 9 月。

22. 《薑齋詩話》，王夫之，木鐸，1982 年 4 月。

23. 《說詩晬語》，沈德潛，《清詩話》，木鐸，1988 年 9 月。

24. 《甌北詩話》，趙翼，台北：木鐸，1982 年 4 月。

25. 《唐音審體》，錢木菴，《清詩話》，台北：木鐸出版社，1988 年 9 月。

26. 《柳南隨筆》，王應奎，《筆記小說大觀》十八編，台北：新興書局。

27. 《宋本廣韻》，陳彭年等重修，林尹校訂，台北：黎明文化事業公司印行，1988 年 10 月十版。

二、今人著作部分

（一）專　書

1. 王力：《龍蟲並雕齋文集》第一冊，北京：中華書局，1980 年 1 月。

2. 王力：《漢語詩律學》，王力文集第十四卷，山東教育出版社，1989 年 11 月。

3. 王國瓔：《中國山水詩研究》，台北：聯經，1986 年。

4. 王夢鷗：《初唐詩學著述考》，台北：商務書局，1977 年 1 月。

5. 王夢鷗：《古典文學論探索》，台北：正中書局，1984 年 2 月。

6. 王鍾陵：《中國中古詩歌史》，江蘇教育出版社，1988 年 5 月。

7. 古田敬一：《中國文學的對句藝術》，李淼譯，台北：祺齡出版社，1994 年 9 月。

8. 朱光潛：《詩論》，台北：國文天地雜誌社，1990 年 3 月。

9. 李志慧：《唐代文苑風尚》，台北：文津出版社，1989 年 7 月。

10. 宗白華：《美學與意境》，台北：淑馨出版社，1989 年 4 月。

11. 松浦友久:《中國詩歌原理》,孫昌武、鄭天剛譯,台北:洪葉文化,1993 年 5 月。

12. 柳村:《漢語詩歌的形式》,河南大學出版社,1990 年 12 月。

13. 馬良懷:《魏晉風度的研究》,中國社會科學出版社,1993 年 4 月。

14. 張仁青:《駢文學》,台北:文史哲出版社,1984 年 3 月。

15. 張永鑫:《漢樂府研究》,江蘇古籍出版社,1992 年 6 月。

16. 張志烈:《初唐四傑年譜》,四川:巴蜀書社,1993 年 4 月。

17. 張清鐘:《古詩十九首彙說賞析與研究》,台北:商務,1988 年 10 月。

18. 啓功:《漢語現象論叢》,台北:商務,1993 年 3 月。

19. 陳本益:《漢語詩歌的節奏》,台北:文津出版社,1994 年 8 月。

20. 陳振濂:《空間詩學導論》,上海文藝出版社,1989 年 2 月。

21. 陳植鍔:《詩歌意象論》,中國社會科學出版社,1992 年 11 月初版二刷。

22. 程章燦:《魏晉南北朝賦史》,江蘇古籍出版社,1992 年 2 月。

23. 葛曉音:《漢唐文學的嬗變》,北京大學出版社,1990 年 11 月。

24. 葛曉音:《山水田園詩派研究》,遼寧大學出版社,1993 年 1 月。

25. 寧稼雨:《魏晉風度》,北京:東方出版社,1992 年 9 月。

26. 閻采平:《齊梁詩歌研究》,北京大學出版社,1994 年 10 月。

27. 鄭振鐸:《插圖本中國文學史》,台北:莊嚴出版社,1991 年 1 月。

28. 劉躍進:《永明文學研究》,台北:文津出版社,1992 年 3 月(1991 年中國社科院博士論文)。

29. 盧清青:《齊梁詩探微》,台北:文史哲出版社,1984 年 10 月。

30. 霍松林主編,張連第、林珂、梅運生、漆緒邦編著:《中國歷代詩詞曲論專著提要(詩論部份)》,北京師範學院出版社,1991 年 10 月。

31. 駱祥發:《初唐四杰研究》,北京:東方出版社,1993 年 9 月。

32. 簡明勇:《律詩研究》,台北:文史哲出版社,1990 年 9 月。

(二)單篇論文

1. 王文進:〈邊塞詩形成於南朝論——兼論文學史上南北朝詩風交融〉,《古典文學》,第十集,台北:學生書局,1988 年 12 月,頁 139～16。

2. 王次澄:〈南朝詩的修辭特色〉,《古典文學》,第四集,台北:學生書局,1982 年 12 月。

3. 王夢鷗：〈古人詩文評對「語言」之基本態度〉，《東方雜誌》，1982年4月，第15卷第10期，頁14～19。

4. 王夢鷗：〈唐「武功體」詩試探〉，《東方雜誌》，1983年6月第16卷第12期，頁30～33。

5. 吳小平：〈論五言八句式詩的形成〉，《文學遺產》，1985年，第2期，頁27～38。

6. 吳小平：〈論五言律詩對偶形式的形成〉，《蘇州大學報》，1986年，第2期，頁49～55。

7. 吳小平：〈論五言律詩的形成〉，《文學遺產》，1987年，第6期，頁46～57。

8. 沈玉成：〈宮體詩與玉台新詠〉，《文學遺產》，1988年，第6期，頁55～65。

9. 李立信：〈論近體律絕「犯孤平」說〉，《古典文學》，第五集，台北：學生書局，1983年12月，頁113～125。

10. 李立信：〈從詩歌發展史立場看「絕」截「律」半說〉，《古典文學》，第九集，台北：學生書局，1987年4月，頁151～168。

11. 呂正惠：〈初唐詩重探〉，《清華學報》，1988年12月，第18卷第2期，頁387～400。

12. 杜松柏：〈絕句的結構研究〉，《興大中文學報》，1993年1月，第6期，頁1～10。

13. 林文月：〈從遊仙詩到山水詩〉，《中國古典文學論叢冊一：詩歌之部》，台北：中外文學月刊社，1985年3月三版，頁81～98。

14. 林文月：〈中國山水詩的特質〉，同上，頁115～142。

15. 林文月：〈宮體詩人的寫實精神〉，同上，頁99～114。

16. 林庚：〈略談唐詩的語言〉，《文學評論》，1964年，第1期，頁73～85。

17. 林庚：〈陳子昂與建安風骨〉，《文學評論》，1959年，頁138～148。

18. 倪其心：〈關於唐詩的分期〉，《文學遺產》，1986年，第4期，頁9～19。

19. 施逢雨：〈以〈古風〉爲中心看李白對六朝「綺麗」詩歌傳統的反應（上）、（下）〉，《清華學報》，1990年12月、1991年6月，第20卷第2期、第21卷第1期，頁257～300、頁91～124。

20. 洪順隆：〈排律起源考〉，《大陸雜誌》，1983年7月，第67卷第1期，頁25～35。

21. 洪順隆：〈沈宋詩歌在隋唐文學史上的地位〉，《幼獅學誌》，1986 年 5 月，第 19 卷第 1 期，頁 22～52。

22. 高友工：〈律詩的美典（上）、（下）（劉翔飛譯）〉，《中外文學》，1989 年 7 月、8 月，第 18 卷第 2 期、第 3 期，頁 4～34、頁 32～46。

23. 高友工：〈中國語言文字對詩歌的影響〉，《中外文學》，1989 年 10 月，第 18 卷第 5 期，頁 4～38。

24. 唐海濤：〈鮑照詩中之蟬聯句〉，《中外文學》，1985 年 2 月，第 13 卷第 9 期，頁 134～142。

25. 唐海濤：〈鮑照與杜甫〉，《幼獅學誌》，1987 年 10 月，第 19 卷第 4 期，頁 75～84。

26. 時萌：〈關於陳子昂〉，《文史哲》，1957 年 3 月，第 3 期，頁 42～50。

27. 曹旭：〈論宮體詩的審美意識新變〉，《文學遺產》，1988 年，第 6 期，頁 66～74。

28. 曹旭：〈鍾嶸《詩品》的流傳及研究史──從隋初到清末〉，《上海師範大學學報》，1993 年，第 1 期，頁 10～16。

29. 曹逢甫：〈四行的世界──從言談分析的觀點看絕句的結構〉，《中外文學》，1985 年 1 月，第 13 卷第 8 期，頁 34～99。

30. 陳怡：〈倚馬和陳套──南朝詩的側面〉，《中外文學》，1984 年 9 月，第 13 卷第 4 期，頁 104～110。

31. 陳怡蓉：〈初唐言志抒情的詩歌語言〉，《輔大中研所學刊》，1991 年 10 月，頁 35～45。

32. 陳寅恪：〈四聲三問〉，《金明館叢稿初編》，上海古籍出版社，1982 年 2 月初版二刷，頁 329～341（原刊清華學報第九卷第二期）。

33. 陳寅恪：〈從史實論切韻〉，同上，頁 342～366（原刊嶺南學報第九卷第二期）

34. 陳新雄：〈景伊師論律詩之章法與對仗理論及其實踐〉，《台北師大國文學報》，1993 年 6 月年 5 月，頁 229～250。

35. 梅祖麟、高友工：〈論唐詩的語法、用字與意象〉（上）、（中）、（下），黃宣範譯，《中外文學》，1973 年 3 月、4 月、5 月，第 1 卷第 10 期、第 11 期、第 12 期。

36. 梅祖麟、高友工：〈唐詩的語意研究：隱喻與典故〉（上）、（中）、（下），黃宣範譯，《中外文學》，1975 年 12 月、1976 年 1 月、2 月，第 4 卷第 7 期、第 8 期、第 9 期。

37. 張文勛：〈六朝聲律說詩歌創作的關係〉，《思想戰線》，1982 年，第 2 期，頁 27～34。

38. 張業敏：〈略論唐人對齊梁詩風的批判〉，《文學遺產》，1991 年，第 1 期，頁 25～30。

39. 張錫厚：〈論王績的詩文及其文學研究〉，《文學遺產》，1984 年，第 2 期，頁 116～126。

40. 齊天舉：〈樂府與漢魏五言詩〉，《文學遺產》，1988 年，第 6 期，頁 35～44。

41. 黃坤堯：〈唐詩中之齊梁體〉，《古典文學》，第五集，台北：學生書局，1983 年 12 月，頁 91～111。

42. 詹鍈：〈漫談四聲〉，《語言文學與心理學論集》，山東齊魯書社，1989 年 10 月，頁 27～37。

43. 詹鍈：〈四聲與五音及其應用〉，同上，頁 38～76。

44. 趙昌平：〈唐詩演進規律性芻議〉，《文學遺產》，1987 年，第 6 期，頁 14～25。

45. 廖蔚卿：〈從文學現象與文學思想的關係談六朝巧構形似之言的詩〉，《中國古典文學論叢冊一：詩歌之部》，台北：中外文學月刊社，1985 年 3 月三版，頁 39～70。

46. 劉文忠：〈建安文學對六朝文學的影響〉，《文學遺產》，1985 年，第 2 期，頁 18～26。

47. 劉開揚：〈論初唐四杰及其詩〉，《文史哲》，1957 年 8 月，第 8 期，頁 15～24。

48. 劉繼才：〈論唐代六言近體詩的形成及其影響〉，《文學遺產》，1988 年，第 2 期，頁 64～72。

49. 閻采平：〈梁陳邊塞樂府論〉，《文學遺產》，1988 年，第 6 期，頁 45～54。

50. 戴景賢：〈試論陳子昂之立身行事與其家學之關係〉，《書目季刊》，1981 年 6 月，第 15 卷第 1 期，頁 3～8。

51. 鄺健行：〈初唐五言律體律調完成過程之觀察及其相關問題之討論〉，《香港中文大學中國文化研究所學報》，1980 年，第 21 期，頁 247～258。

52. 韓理洲：〈王勃陳子昂文學主張異同論〉，《文學遺產》，1982 年，第 1 期，頁 54～62。

53. 簡錦松：〈彌天法律細談時〉，《中外文學》，1983 年 2 月，第 11 卷第 9 期，頁 22～50。

54. 簡錦松：〈七絕章法結構新論〉，《古典文學》，第十集，台北：學生書局，1988 年 12 月，頁 359～398。

55. 簡政珍:〈隱喻及喚喻──以唐詩爲例〉,《中外文學》,1983 年 7 月,第 12 卷第 2 期,頁 6～23。

(三)學位論文

1. 方瑜:《唐詩形成的研究》,臺灣大學中國文學研究所碩士論文,1969年。

2. 王靖婷:《吳歌西曲的內容、詞彙及表現手法之研究》,東海大學中國文學研究所碩士論文,1989 年。

3. 呂珍玉:《從《全唐詩》中六句詩看四句詩及八句詩之定體並附論六言詩》,東海大學中國文學研究所碩士論文,1990 年 4 月。

4. 涂淑敏:《初盛唐五言近體詩聲律研究》,東海大學中國文學研究所碩士論文,1992 年 12 月。

5. 陳怡蓉:《初唐詩意觀念與詩語理論研究》,輔仁大學中國文學研究所碩士論文,1990 年。

6. 許清雲:《現存唐人詩格著述初探》,東吳大學中國文學研究所碩士論文,1978 年。

7. 黃婷婷:《六朝宮體詩研究》,臺北師範大學國文研究所碩士論文,1983 年 4 月。

8. 趙芳藝:《寒山子詩語法研究》,東海大學中國文學研究所碩士論文,1988 年。

9. 劉慧珠:《齊梁竟陵八友之研究》,政治大學中國文學研究所碩士論文,1991 年。

10. 劉漢初:《六朝詩發展述論》,臺灣大學中國文學研究所博士論文,1983 年 5 月。